王小波　著

寻找无双

北京出版集团公司
北京十月文艺出版社

新经典文化股份有限公司
www.readinglife.com
出　品

目录

自序

这是我的第一部长篇小说，写完的时候，我忽然想起了《变形记》（奥维德）的最后几行：

吾诗已成。
无论大神的震怒，
还是山崩地裂，
都不能把它化为无形！

这篇粗陋的小说，当然不能和这位杰出诗人的诗篇相比。同时我想到的，还有逻辑学最基本的定理：A 等于 A，A 不等于非 A。这些话不是为我的小说而说，而是为智慧而说。在我看来，一种推理，一种关于事实的陈述，假如不是因为它本身的错误，或是相反的证据，就是对的。无论人的震怒，还是山崩地裂，无论善良还是邪恶，都不能使它有所改变。唯其如此，才能得到思维的快乐。而思维的快乐则是人生乐趣中最重要的一种。本书就是一本关于智慧，更确切地说，关于智慧的遭遇的书。

作者

一九九三年七月十四日

有关这篇小说：

王二一九九三年夏天四十五岁。他是一所医院的电气工程师，是个脸色苍白的大个子，年轻时在山西插过队。现在他和一个姓孙的妇科大夫结了婚，在此之前他患过阳痿引起的精神病，得了个外号“小神经”。他认识一位姓李的语言学家（他叫他李先生），还认识一个叫“大嫂”的女人。他有一个表哥。他的事迹可以在别的小说里见到。

第一章

一

建元年间，王仙客到长安城里找无双，据他自己说，无双是这副模样：矮矮的个子，圆圆的脸，穿着半截袖子的小褂子和半截裤管的短裤，手脚都被太阳晒得黝黑，眉毛稀稀拉拉的。头上梳了两把小刷子，脚下蹬了一双趿拉板，走到哪里都是哗啦啦地响。就这个样子而言，可以说是莫辨男女。所以别人也不知道他来找谁。王仙客只好羞羞答答地补充说，那个无双虽然是个假小子样，但是小屁股撅得很高，一望就知是个女孩子。除此之外，她的嘴很大，叫起来的声音很响，尤其是她只要见到一个心不在焉的人，就会从背后偷偷摸上去，在人家耳畔大叫一声，在这样近的距离内，她的声音足可以把人家的耳膜吼破。她还有一匹小马，经常骑在马上出来，在马背上发射弹弓。她的弹丸是用铜做的，打到人头上，足可以把皮肉都打破。假如不是那时的人都留了很厚的头发，连脑子都能打出来。就是因为她的弹弓，附近的邻居常常顶着铁锅走路。而且她总是大叉着腿骑在马上，这对于女孩子来说是大大地要不得。像这样女霸王一类的人物，一定是远近闻名。但是王仙客在宣阳坊里打听无双时，人人都说没见过。

王仙客到宣阳坊找无双，宣阳坊是个大院子，周围围着三丈高的土坯墙。本来它有四个大门，但是其中三个早已封死了。所以你只能从北门进去，这样大家都觉得安全。坊墙里面长着一围大柳树，但是柳树早就死掉了，连树皮都被人剥光了，树底下都是虫子屎。坊中间是一横一竖两条大街，大街两边都是店铺。店铺里住着各位老板。大家互相都认识。大家生意都不好。在宣阳坊里，没人关心你的事，除非你得罪了人。假如你得罪了人，被得罪的人就盼你早点死。或者走路不小心，踩到了钉板上，脚心扎上一个窟窿，然后就得了破伤风；或者被疯狗咬上一口，死于狂犬病。你要能不劳他一指之力就死了，他就会很高兴。你要是一直不肯死，他就会把你忘了。

王仙客说，以前他在宣阳坊里住过。虽然离开了三四年，宣阳坊里景物已变，他还能认出个大概。他甚至还能影影绰绰认出一些人来。比方说，他还能认出开绒线铺的侯老板，还有老坊吏王安。但是这两位先生对着王仙客看了老半天，最后说：以前没见过王仙客。不但如此，他们两位对王仙客说认识他们还感到很是不快。这是因为他们俩都有很显著的特征：老王安只有一只右眼，而侯老板的下巴很短，以致下嘴唇够不着上牙。其实说侯老板有所谓下巴，实在是很勉强，他不过是在脖子上方长了一个肉瘤罢了。因为没有下巴，所以侯老板的上牙全露在外面，被冷风吹着，经常着凉疼起来，不能吃硬东西。有人说，侯老板的牙是陈列品。因为王安老爹和侯老板都不能算是美男子，所以他们听见王仙客说“您二位的尊范非比寻常，所以事隔多年，我还能记得”时，心里全都恨得要死。和王仙客分手回到家里，侯老板还对老婆说：那个小白脸当众羞辱我！妈妈的，我是不认识他。要是认识，也说不认识。

这是晚上的事，王仙客初到宣阳坊，和坊里诸位君子见面却是早上的事。早上侯老板看见王仙客牵着一匹白马，在坊中间一所空院子前面乱转，就上前盘问。一问之下他就说出来，他是山东来的王仙客，到这里来找表妹。侯老板又问，你表妹是谁？王仙客就说：她是无双。侯老板就说，我们这里没有无双，你走吧。王仙客生起气来，说道：你连我的话都没听完，怎么知道没有呢。差一点就要和侯老板当街吵起来。幸亏这会儿王安老爹走过来，打个圆场道：侯老板，你让他把话说完也没关系，看他还能编出什么来。与此同时，还有好多人围了上来，全都板着脸，好像要向王仙客要账的样子。王仙客心里发虚，说道：你们是不是要开我的批斗会？老爹翻了翻白眼，说道：你这样理解也没关系。没做亏心事，不怕鬼叫门。假如你不是想来偷东西，自然就不怕开批斗会。王仙客说，你们到底有什么东西，怕人来偷？老爹就说，这个不能告诉你。说你那个无双吧。说话之间，王安老爹掏出个小本子来，还有一支自来水的毛笔，摆出一个衙门里录口供的架势。王仙客接着讲他的无双，禁不住有点结巴了。就在这时，他想和侯老板、王安老爹套近乎，但是侯老板和老爹都说不认识他，叫他讨了个大没趣。

王仙客长了一个大个子，穿一身柞蚕丝的白袍子，粉白的面孔，飘飘然有神仙之姿。宣阳坊里的各位君子一见到他，就有似曾相识之感，但却想不起他的名字。这王仙客也确实可疑，他说来找无双，但是却找不到无双的家门口。他说坊中间的空院子就是无双原来的家，但是那个院子人人都知道，是个废了的尼姑庵。别人说“客人，你记错了”时，他就开始胡搅蛮缠：我没记错，就在这里。看来无双家是搬走了。你们只要告诉我搬哪去了就得。坊东头开客栈的孙老板说，请教先生，你的表妹可是个尼姑？王仙客就发起火来，说道：你表妹才是尼姑呢！你们说这院子原是个尼姑庵，我就不信。看见了没有，门前两大块上马石。哪有这样的尼姑庵？

王仙客这样说了之后，大家也就觉得这件事是有一点怪。这个院子的门前，是有两大块上马石，这两块上马石是汉白玉雕成，一米见方，呈椅子形，四面都雕有花纹，每块大概有一吨重。不要说石料、雕工，就是从城外运来也够麻烦的了。要不是官宦人家摆场面，要这东西干吗。而且谁也不记得曾经看见过一个老尼姑手捻着佛珠，从院里走出来，从这两块石头之一上面跳上马背。这种场面虽不是不可能，但是很陌生。而且这种景象也甚是古怪：佛门中人说，马是他们的弟兄，所以决不肯骑马。王仙客提出了这个问题，大家顿时为之语塞。但是大家还是明明记得，这里是个尼姑庵。有关这座尼姑庵的故事是这样的：过去这庵里供奉着观音菩萨，香火极盛。长安城里多少达官贵人的夫人太太，都来这里上香。后来庵里的尼姑不守清规，争风吃醋，闹出人命来，官府就把这庵封掉了。听了这些话，王仙客倒也半信半疑。大家又告诉他说，可能你记错了地方。也许令表妹不住在宣阳坊，而是在别的坊。您要知道，长安城里七十二坊，有好几个外表一模一样。听了这些话，王仙客自己也说，很可能记错了，骑上马到别的坊里去找了。王仙客初次在宣阳坊找无双，情形就是这样。宣阳坊里的各位君子后来提起这件事，是这么说的：三句话就把那小子打发走了。感觉很是痛快。只有王安老爹心有未甘，觉得那个王仙客形迹可疑，不该就这样放他走了。就算真是来找表妹，找错了地方，从他说的情况来看，那个无双也不是好东西。女孩子叉着腿骑在马上，长大了一定是个淫妇。这两个狗男女想往一块凑，能干出什么好事？真该把他扣住，好好地盘问一番。

二

王仙客到宣阳坊里找无双，来过许多次。第二次来是在初次来那一天的下午。这一回他气急败坏，打着马冲到坊里来，站到废尼姑庵门口大叫大嚷，口出不逊之词。据他自己说，已经在别的坊里打听过了，人家都说，这座院子不是尼姑庵。不但如此，人们还说，宣阳坊里根本就没有尼姑庵。假如别人这样说倒也罢了，王仙客还去问了几位老尼姑。那几位师太听了宣阳坊里尼姑不守清规的事，全都大摇其头，说道：那些施主这样信口胡编，死了要下拔舌地狱的。宣阳坊里的各位君子听了老尼姑的话，都觉得有点不好意思；同时也影影绰绰地想到，宣阳坊这座空院子，很可能真的不是座废尼姑庵。没准是座废道观，甚至是个喇嘛庙。但是不管它是什么，反正里面没住过当官的人，更不是无双的家。总而言之一句话，它和王仙客没有关系。

后来大伙是这么解释为什么说那空院子是尼姑庵的：这不能怪大伙不说实话，只怪王仙客问话时态度太凶恶，简直像个急色鬼。假如不把他马上打发走，怕他会干出什么恶事来。所以就骗他说，那是个空尼姑庵，让他早点绝了这个想头。那院子空了这么多年了，鬼才知道过去住了谁。但是大家异口同声地说是尼姑庵，可见英雄所见略同。要不是那些尼姑出来作梗，尼姑庵之说就可定论。以后再有人来问都说是尼姑庵，省了多少麻烦。

王仙客第二次到宣阳坊里来，又正好碰上了侯老板从废尼姑庵经过，他就把侯老板揪住了吵闹。过了一会儿，就聚了一群人，吵得整条街都能听见。这个王仙客很厉害，吵起架来嗓门大，虽然没有和他动手，但是吵急了他就捋胳臂挽袖子。这时候大家都看见了，他的胳臂很粗，手背上全是茧子，中指上还戴了个铁戒指。前面已经说到，该王仙客个头很大，而且他又生了气，所以和他打架不是个好主意。假如不和他打架，他又完全不可理喻，揪住了侯老板的领子不撒手。幸亏有人去报告了王安老爹，他拿了铁尺赶来了。

王安老爹生过天花，留下了一张坑坑洼洼的脸。如前所述，他只有一只右眼，但是这只右眼分外的大，这样就弥补了数量上的不足。这位老人家当时已经七十多岁了，但是精神极旺。虽然身材不高而且消瘦，但是一身精肉。王仙客正在撒野，老爹跑来拿铁尺在他肩上拍了一下，他登时就老实了。不但马上放了侯老板，还帮侯老板整整衣服。这都是铁尺的威力。那东西看上去没什么了不起，两尺多长，像个十字架的样子，但是只有公家人手里有这种器械，所以代表了政权，不由得王仙客不肃然起敬。然后老爹和王仙客开始了一段严肃的对话，叫宣阳坊里的人看了，觉得十分解气。

王安老爹：干什么的？

王仙客：寻亲的。

老：叫什么？

仙：王仙客。

老：从哪儿来？

仙：山东博山。

老：博山那个地方是没王法的吗？

仙：老爹，您可别这么说。都是大唐朝的地方，哪能没有王法。

老：我看不一定。也许别人守王法，但是你不守。有证明文件吗？拿来我看看！

王仙客就老老实实拿出博山府开的路引，鞠着躬双手呈上。据说当年日本皇军检查中国人的良民证时，中国人就是这样。

后来老爹说，光有证明文件，并不能证明王仙客是良民。他就把王仙客的文件收走了，要王仙客在宣阳坊里找两个保人才能把文件还他。而明摆着宣阳坊里的人都决不肯给王仙客作保。老爹后来说，他不过是想和王仙客开个玩笑，让他着一会儿急。老爹还说，他完全知道王仙客没有文件晚上住不了店，在街上有被巡夜的军士逮走的危险。假如被那些兵逮住时，身上没有证明文件，又没人给他作保，这个王仙客就得蹲黑牢，吃馊饭，每天由大兵押着到城外去筛沙子，不知哪一天才能出来。也许根本就出不来，就死在里面。这些老爹全都知道，他准备在天黑以前就把文件全还给王仙客。在此之前，要急得他像小孩子见了爸爸拿着糖一样，跟在老爹背后哭爹叫娘。但是王仙客这小子不懂得玩笑，老爹没收了他的文件，他马上就跑到长安县去告了一状。他是个读书人，又在长安城里住过，懂得门道，所以衙门就把老爹叫去臭骂了一顿。那个县官既不看老爹那一把年纪，也不看他做坊吏多年的工作成绩，就管他叫王八蛋。你这个王八蛋不过是个小吏，怎么就敢没收官府发的文件？像你这种下九流的人物，都敢和读书的相公为难，还有王法吗？那狗官还装腔作势，要打老爹的屁股，逼得老爹跪下磕头如捣蒜。后来老爹说，这基层工作真没法做。风里雨里几十年，落了一个王八蛋！

后来王仙客就在宣阳坊里住下来，寻访无双的下落。他又向所有的人打听无双，并且说，那位无双不但是他的表妹，而且他们还有婚姻之约。这次他从山东来，带来了金一提，银一驮，作为聘礼，要把无双接回山东去。现在兵荒马乱，路上不太平。所以连下聘带迎亲，干脆一下都办了。他这样说，当然也没人说他不对。但是这位小姐别人都没见过，所以也就没法告诉他到哪里去找。其实大伙都不想理睬王仙客，知道他不是自己人；但是见他打赢了官司，也都有点害怕。除此之外，大家也觉得老爹那种做法也太绝了：咱们谁也备不住有到外地找人的时候，对不对？遇到他来打听，也只好应付一下。不但如此，见到了他，还要打听一句：王相公，找到无双了没有？见到他找不到无双急得那模样，也都会安慰他几句。

后来人家是这样安慰王仙客的：不要急，慢慢地找。照你说的这个样子，无双小姐年龄很小，你就是把她迎了回去，顶多就是做个童养媳，离圆房还早着哪。但是王仙客说，他刚开始见到无双时，她是很小，但是后来就不小了。王仙客还记得好几年前，他还在无双家里借住时，有一天看到她从外面跑回来，大叫着：不得了不得了，我流血了！一头闯到自己卧室里，倒在床上翻了白眼，以为自己必死无疑，其实是月经初潮。从那一天开始，她就长大了，皮肤变白了，个子也长高了，躲在家里很少出去。过了不很久，她就变成了一个很漂亮的大姑娘。如果不是这样，王仙客也不会那样急于娶她做老婆。从那时到现在，又过了很多年，现在无双简直就要变成个老姑娘——假如她还是姑娘的话。王仙客以为，再不娶她当老婆，恐怕就要来不及了。这些话也没有人说他讲得不对，但是人们说，不管是小姑娘、大姑娘还是老姑娘，反正叫无双的女人，宣阳坊里从未有过。而那座空院子，的确不是无双住的。虽然不是个废尼姑庵，却是个废道观。

王仙客住在宣阳坊的客栈里，这个客栈就在那所空院子对面。不管别人怎么说，他都不相信那是个空道观。因为那所院子既不像尼姑庵，也不像道观，就像个官宦人家住的院子。除此之外，他还千真万确地记得，无双家就住在这里，不在别的地方。那家客栈没有浴室，王仙客只好到公共浴池来洗澡。在这里大家都看到了他那杆大枪。那东西又粗又壮，简直不似人类所有。他就露出这个东西走到池子里去，丝毫不以为耻。不但如此，他还和别人说：你们的家伙都长得很秀气呀。就算他讲的都是实话，长安城里真有个漂亮大姑娘叫无双，他到这里也没安什么好心。他是要把我们长安城里的好姑娘弄回家去，用他那山东蛮子的大家伙向她进攻。以后王仙客再在坊里走动时，所有的女人都躲了起来，不管是老太太，还是小姑娘。

三

我说过，宣阳坊里的坊吏王安老爹只有一只眼，但是他这一只眼连睡觉都睁着半边。这是因为他怕把眼睛完全闭上了就会有人来找麻烦。现在他就知道有个人来找麻烦了，那就是王仙客这小子。本来坊里平安无事，这小子忽然冒了出来要找无双，他出现才一天，就和别人吵了一架，还打了一场官司。这还不算，差点累得他吃了衙门里的板子。其实说是板子还有点不确，应该说是棍子。那种棍子是白蜡杆制成，一丈多长，很有弹性，打到屁股上相当地疼。老爹当坊吏之前当过衙役，那时候他就专门打别人的屁股，前前后后打过几百个人。假如轮到他挨一顿板子，那些人一定跳着脚地高兴，说是现世报。因为这些原因，那天在衙门里挨了一顿骂之后，老爹就很不开心。幸亏衙门里的领导懂得道理，第二天就把他找了去，请他吃担担面，并且对他大加鼓励。到了这个时候，老爹当然要发些牢骚，说是坊里的工作没法搞了。本来是衙门里布置下来的，坊里聚众吵架的事要管，寻衅斗殴的事要管，最重要的是不能叫老百姓去打官司。这里面的道理很简单：长安这么大，却没有几个官。假如大家有事没事都去打官司，那就要把官老爷累死。老爹所做的一切都是按上面布置的办，结果却险些挨了一顿打，简直没了天理。那个领导说，这件事老爹办得一点也不错。只是现在这位官老爷刚上任，狗屁也不懂，所以让老爹受了委屈。但是老爹受了委屈也不能撂挑子不干，一定要盯住这个王仙客，不能让他为所欲为。听了这些话之后，老爹回了宣阳坊，每天都到王仙客住的客栈里去打听，问他有何动静。

老爹回到了宣阳坊，告诉大家说，虽然上回没收王仙客的证明文件的事情办得不对，但是王仙客毕竟不是个好东西，必须要把他撵出宣阳坊。他还暗示说，这是上级的布置。宣阳坊里的各位君子听了也都点头称是。但是说到怎么撵时，大家却不肯出主意，而且都说，这是老爹的事，他们不便插嘴。

从王安老爹那一只眼里往外看，宣阳坊是这样一个地方：它是一里见方的一个大院子，里面有很多房子，住了很多人；每间房子每个人他都很熟悉。从坊东头往西头走，住着张老板、李老板、孙老板、罗老板、张老板的傻丫头、李老板的瘸腿儿子等等；从西头往东走，住着麻老板，卖担担面的老孙头；麻老板的老婆有狐臭，老孙头的儿子有偷鸡摸狗的毛病；等等。宣阳坊里人很多，但是老爹全认得。不但认得，而且知道他们在干什么，想什么。比方说，李老板的傻儿子老盯着张老板的傻丫头的屁股看，一面看，一面胯下就撅了起来。他想些什么完全一目了然。其他的事也是一目了然。但是现在多了一个王仙客，来找一个不存在的无双，这件事叫人一想都觉得麻烦。

王仙客住在空院子对面的客栈里，要了一间楼上的房子，从窗户里看那院子。这里离那院子隔了一条大街，而且空院子的房上长了很高的荒草，所以看不大的确。他就跑到波斯人的铺子里买了一架单眼望远镜来。当时的望远镜技术不过关，看到的景象是倒的。所以他就在房梁上拴上绳子，捆住了脚，头朝下地看。但是房顶上的草还是要挡住视线，所以他又去买了一些兔子，把它们扔到空院子的房上。兔子在房上下不来，就把草都吃掉了。经过了这些努力，他终于可以像看眼前的景物一样看到那个空院子了。但是那些兔子有公有母，在房顶上繁殖起来，并且始终不能下地，最后成了很大的灾害。它们在房顶上跑来跑去，吃光了瓦房上的茅草和瓦松，就吃草房上的房草，还在房上打洞筑巢。但是这些事王仙客都不管，他只顾往那空院子里看，由于总是瞪大一只眼去看望远镜，所以他变得一眼大一眼小，看上去很像王安老爹。他还找作坊印了很多告帖到处张贴，宣布诚征一切有关无双的消息，诚征一切有关宣阳坊里空院子的消息；报信者必有重谢，绝不食言。这一切又在宣阳坊里引起了很大的骚乱，但是王安老爹对此却毫无办法，因为这个王仙客很有钱。

王安老爹说，创世之初，世间就有两种人存在。一种人是我们，另一种是奸党。到了大唐建元年间，世上还有两种人存在，一种人依旧是我们，另一种依旧是奸党。这是老爹的金玉良言。到了今天，世上仍然有两种人，一种还是我们，另一种还是奸党。老爹还说，王仙客就是个奸党，虽然他有两个臭钱，他依然是奸党。在这个世界上，冰炭不同炉，正邪不两立。一个人不是我们，就必然是奸党。所以大家千万不要和王仙客来往，以免自误。但是他的这些话别人都听不进去，反而说：老爹，你和他吵过架，所以对他有成见。得了吧老爹，冤家宜解不宜结！

老爹后来说，在这个世界上，就数钱这个东西最坏，甚至比王仙客还坏。就因为王仙客出了五两银子一条消息的赏格，所以大家都跑到他那里去，告诉他那院子的底细。原来那个院子真的不是废尼姑庵，而是一个废道观。过去里面住了一个女道士，叫做鱼玄机。那个道姑出了家，却不守清规，行为放荡。因为王仙客认准了这个院子，所以他要找的人不是无双，应该是鱼玄机才对。王仙客听了这些话，觉得哭笑不得。想想吧，他从山东跋山涉水来到这里，吃了无数的苦，花了无数的钱，到最后连要找的人是谁都出了问题。

四

王仙客抱怨说，宣阳坊里的各位君子实在是太不友好了。他到坊里来，不过是想找到表妹，然后尽早回山东，并没有别的意思。但是大家都不理解他，不仅不帮忙，反而拿他寻开心。眼前一个空院子，一会儿说是尼姑庵，一会儿说是道观。你就说它是无双的家又有什么关系？虽然无双小时候淘气，干过不少扰民的事，现在也过了好多年了，没有必要记恨。提供消息的罗老板却说，看来王仙客对他们有了一点误会。这座院子一直空着，大家也一直没有理会它。冷不防来个人问起来，谁也答不上来，只好顺嘴胡编。现在王仙客悬出了赏格，谁还能再瞎编？这房子过去的主人，的确叫鱼玄机。这位风流仙姑的事迹早已脍炙人口，岂能是编出来的。不但罗老板这样说，别的人也这样说。看来要确认房子的主人是谁，只好找鱼玄机去问。但是这一点办不到，因为鱼玄机已经死了。

鱼玄机的事迹是这样的：若干年前，这位道姑到宣阳坊里来，买下了几个大杂院，在这些大杂院的地皮上造起了这座院子，作为她的养气之地。她非常的有钱，所以这个院子就造得非常之大，门前安了两块上马石。一般来说，道观的门前也用不到上马石，但是鱼玄机可不是一般的女道士，来往的全是公子王孙，没有上马石还真不成。自从她来到了宣阳坊，这地方就不得安生，因为她每天晚上都开 party，不闹到夜里三点钟不会收场。深更半夜的，别人正在好睡，她那里又唱又叫。或者是五更时分，大家正在恋热被窝，她家里出来一大帮纨绔子弟，灌饱了黄汤，骑着马跑到坊门口，怪叫着让老爹起来开坊门。出来得稍晚，就给老爹一马鞭。那位鱼玄机身材高大，细腰丰臀，面似桃花，眼似秋水，虽然行为不端，长得真是好看。

王仙客觉得最奇怪的是他和这位鱼玄机没有任何关系，别人却不厌其烦地把她的事讲给他听。这个故事有头有尾，却没有中段。想来讲这个故事的人都没资格做鱼玄机的入室之宾，所以她到底是怎么不守清规的谁也讲不上来。结尾的部分每个人都是知道的：这位道姑打死了自己的使女，判了死刑，被绞死在长安街口上。但是她为什么要打死那个使女，大家讲的却不一样。有人说，那个使女长得也颇有姿色，到鱼玄机这里来的王孙公子很有一些是捧她的，鱼玄机看了吃醋，所以就把她打死了。还有人说，这个使女是个冰贞玉洁的好姑娘，看不惯鱼玄机的放荡，两人争执起来，鱼玄机就把她打死了。还有人说，这鱼玄机其实是个同性恋者，和那个使女有暧昧关系，所以这事的本质乃是情杀。不管是为了什么，结果都是一样。她把那个女孩子抽得遍体鳞伤，又勒住了她的脖子,所以该女孩就死掉了。本来打死使女够不上死罪，但是鱼玄机没有报官验尸，拿了一条褥子裹了裹，就把死人埋在了院子里一棵梅树下。埋得太浅,下了一场雨,地下露出条人腿来。别人看了闹起来，衙门里就把鱼玄机抓了去，下到牢里，问成了死罪。

有关这个使女死尸的事是这样的：在地下埋藏时期，蝼蛄把她的眼睛和鼻子都吃掉了，还吃了她的一部分嘴唇，所以她的脸上只剩下了四个黑窟窿。鱼玄机见了这个景象，吓得要死，乱拔自己的头发，乱打自己的面颊，号啕大哭道，她要给死人抵命。所以到了衙门里，不等官老爷问，也没受到任何拷打，就忙不迭地承认了一切罪行。

宣阳坊里的罗老板大约有五十岁，长得很富态。年轻时读过几本书，人也很文静。他给王仙客讲这些故事时，一手托着三绺长髯,另一手用两根手指捏着茶杯的手柄,这个样子当得起四个字：不辱斯文。虽然他是个商人，但王仙客对他颇有亲近之感。也是因为这个原因，王仙客觉得他的话格外可信。除此之外，罗老板还说，我告诉你的话都是我亲眼所见，耳闻的我不说。所以王仙客很盼他能多说点什么，最好能说点无双的消息。但是罗老板却说，叫做无双的姑娘我的确没有见过，我只见过鱼玄机。

罗老板见过的鱼玄机是这样的：不分春夏秋冬，总穿着一身黑。上身是一件紧袖口的蝙蝠衫，拦腰系一条黑皮带。下身是一条瘦腿裤子，足蹬高跟马靴；那身装束，不管谁穿上都难看，只有鱼玄机穿上不同，因为她穿什么都好看的。她的腰带上总是拴着一条皮鞭子，脖子上戴个皮项圈。有人说，就是因为她老戴个皮项圈，所以最后被绞死了，那个项圈就是不吉之兆。她总穿这样的衣服，只有一次例外，就是被送上法场那次。那一天她穿着白缎子的亵衣，拦腰束一条红色的丝绦，简直妩媚之极。

罗老板还说，我开了一辈子的绸缎铺，卖了一辈子的白缎子，从没看到一个女人穿上白缎子像鱼玄机那样合适。这是因为白缎子色如亮银，假如穿到皮肤不白嫩的人身上，就衬出面如锅底，手似生姜，不管你怎样涂粉都不管用。而且缎子轻柔里又透着厚重，假如用它做内衣，穿它不但要身材好，而且要个子高，差一点就会很糟糕。而鱼玄机居然把它做亵衣穿了出来，不但有胆有识，而且确实有这么干的本钱。罗老板还说，别看他是个普通的商人，但是过去也读过圣贤之书，并且在天子脚下为民，知道对什么事都该有个正确的态度。那位鱼玄机犯了国法，将要在长安街头被处死，那是她罪有应得。我们在一边观刑，一方面是在观看法律的尊严，另一方面，也是在受教育，看到她被处死的惨状，从此后收敛一切作奸犯科之心。除此之外，不应该有其他的想法。尤其是不该同情犯人，抱怨国家法度无情。但是在刑场上看到了鱼玄机，这些道理就全忘掉了。当时罗老板不但同情鱼玄机，而且连眼泪都流出来了。

罗老板说，当时他就站在十字路口的一个角上，载着鱼玄机的刑车在很近的距离内驶了过去。别人上法场，都是坐在一辆瘦牛拉的破车里，五花大绑，愁眉苦脸，面如死灰，耷拉着脑袋灰溜溜地过去。鱼玄机上刑场却不是这样。那辆车是一队白羊拉的小四轮车，车上铺了一块鲜红的猩猩毡。鱼玄机斜躺在毡上，衣着如前所述，披散着万缕青丝，一手托腮，嘴角叼了一朵山茶花，一副若有所思的模样。脸上虽然没有血色，却更显得人如粉雕玉琢，楚楚可怜。鱼玄机上法场时就是这个模样。

罗老板还说，后来鱼玄机从车上下来，走上那座黄土筑的台子。本来长安城里杀人，在坊间的空场上随便杀杀就算了，但是杀鱼玄机的时候上面考虑这个女人很有名，应该让大家看看，都受受教育，所以从郊外运了几车黄土来，筑了这座台子，有五尺多高。后来鱼玄机就在这座台子上三绞毙命，四面八方的人不用踮脚尖都看到了。在三绞毙命之前，鱼玄机走上台子，用手向后撩起头发，让刽子手往她脖子上系绞索。那时候她还笑着对刽子手说：待会儿可别太使劲了。我的脖子是很细的哟!

罗老板说，鱼玄机的手十指纤长，指甲涂丹；长发委地，光可鉴人，十分好看。可惜这时长安的钟楼上响起了午钟，有一个刽子手拿来一根粗大的麻绳说：仙姑，人间法度。她只好叹了一口气，背过手去，让人家把她捆起来。那两个行刑刽子手开始把绞索收紧。那种绞索是牛皮条做成的，非常之长，两面连在两根绞棒上，散在地上，好像一堆废渔网。刽子手动作很麻利，很快就弄好了，也就是说，全绕到鱼玄机脖子上了，而绕到了脖子上以后绞索就显得没有那么长了。有一个专管按人的刽子手走到鱼玄机的背后，按按她的肩膀，她就跪到了地上，抖抖头发，伸直了脖子，闭上了眼睛，好像坐到了理发椅上。在场的人都屏住了呼吸，等着鼓楼上一声鼓响。鱼玄机死前的情形就是这样。

罗老板告诉了王仙客一切事情，只有一件事没有说。那就是绞索绕到鱼玄机脖子上时，他感到的不只是同情，而且还很兴奋。这是个委婉的说法，如果直言不讳，那就是当时他勃起啦。唐时服装很松宽，所以衣服前面拱起了好大一块，很是难看。当时他很是惊惶，害怕别人看见了。幸亏都在看鱼玄机，没人来看他，但是已经惊出了一身冷汗。这是几年前的事。但是又不大对。自从过了不惑之年，罗老板就没起过坏念头，而且那东西早就开始往回抽抽，到现在已经抽到了蚕那么大。如果为了鱼玄机还直过一次，那就太不对了，简直是个老荒唐了。

五

罗老板给王仙客讲了鱼玄机被处死的情形之后，王仙客觉得他很亲切，每天都到他店里去转转，买几件东西，聊一会儿天。罗老板的店是绸布店，还出售各种女人用的小物件，各种化妆品，等等，用现代话来说，应该叫做妇女用品店。王仙客和罗老板搞得很熟，互相称兄道弟。就是这样，他也没打听出什么新东西，在望远镜里也没见到什么，后来他就搬走了。临走之前，他还找王安老爹和侯老板道了歉，说自己真是糊涂透了顶，一心以为无双住在这里，其实记错了地方。现在他准备到别的坊里去找无双，找到了一定带着她回来向大家赔罪。他走后，在房间里扔下一个包袱，里面粉盒口红等小件不说，光是乳罩裤衩就有一大堆。宣阳坊里的诸君子看了大吃一惊道：原来这家伙是个变态分子！大家不知道这些东西是他买的，还以为是他偷的呢。这都是从罗老板店里买去的，但是罗老板也不为他解释几句。因此这些东西就归开客栈的孙老板所有了，够他老婆用好几辈子。大家都以为他走了再不会回来，谁知他出尔反尔，去了半年又跑回来。不但如此，他还大发雷霆，说宣阳坊里住了一窝骗子。原来他不知从哪里打听出来，鱼玄机已经死了整整二十年了，而他和无双分手，不过是没几年的事。所以他就有了个怪念头，说是鱼玄机死了以后，无双一家才搬到那院子里去。当然他这样说，也不是全无道理。因为那院门上贴着长安县的封条，上封的日期是三年前。罗老板告诉王仙客说，原来这院子里住的是鱼玄机，后来她出了事，这院子就被封了。哪有把一个人杀了十七年再封她房子的道理？因此王仙客说罗老板是骗子。但是罗老板说得更有道理：我只告诉王仙客，原来这院子里住了鱼玄机，后来鱼玄机出了事，后来院子被封了。这些话都是事实。因此罗老板又不是骗子。而且他还暗暗高兴，原来观看鱼玄机受刑而起邪念是二十年前的事。那时他还年轻。年轻时谁没几个荒唐念头？

王仙客离开宣阳坊这段时间，他扔到房上的兔子已经繁殖了三代。现在宣阳坊的每间房子顶上都有了三只以上的兔子。兔子屎从房顶上滚下来，落得到处都是，圆滚滚的，踩上去就要摔跤。这都是因为兔子在房子顶上喝不到水，而且吃的全是干草，所以个个大便秘结，拉出的屎坚硬无比。除此之外，它们还在房上打洞，搞得无房不漏。白天这些短尾巴的啮齿动物在房上晒太阳，全不避人，十分猖狂。天一黑它们在房子之间跳来跳去，扑拉拉地在夜空里穿行，好像是闹鬼，吓得胆子小的人都不敢出门。这都是王仙客给大家带来的灾难，他应该负责赔偿。但是王仙客一分钱都不赔。他说，我搞来的兔子弄坏了你们的房子，你们害得我找不到无双，大家就算扯平了吧。

后来那些兔子继续繁殖，并且出现了一些变种。有的后腿比身子长两倍，可以跃过十米宽的大街，长安城里的人听见头顶一声响，抬头看时，正好看见兔子像出了膛的迫击炮弹一样在天上飞。有的前腿和后腿之间长了薄膜，就像蝙蝠一样，可以从高处向低处滑翔。它们不但在宣阳坊里繁殖，而且在整个长安城里蔓延开了。不论城楼庙宇，还是皇宫大内，房顶上都长满了这些东西，多得像粪缸里的蛆。

有关长安城里宣阳坊兔子成灾的故事，还有很多可以补充的地方。我有个表哥，他比我大十几岁，所以在“文革”前就参加了高考。我的表哥爱好文史，读了不少古书，知道一千年前陕西西安一带闹过兔子，还有很多其他的知识。那一年他去考大学，见到作文题是“说不怕兔”，以为命题人让说说这件事。他就此事写了两千字的论说文，力陈那种三瓣嘴短尾巴的动物并不可怕。但是那一年的考题并不是考古文，而是考时文。那一年有一位文豪写了一篇有名的文章，叫做“不怕鬼说”，牵强附会地把帝国主义和一切反动分子比作了鬼，并说要不怕他们。命题人是让考生就这篇文章发一些议论，而且考题并不是说不怕兔，而是说不怕鬼。我表哥有一千度的近视，把题看错了，因此就没考上大学，在街道办的修理部里焊焊半导体，终此一生。我表嫂是个麻脸有胡须的小学教师，没生孩子时就很胖。虽然我表哥的近视眼要对此事负一定责任，但是假如当年王仙客不把兔子放上房，也不会出这样的事。

王仙客回到宣阳坊，又住进了客栈里原来的房间里，在望远镜里盯住那个空院子。那个望远镜除了会把天地颠倒之外，还会把中央的景物放大，把边缘的地方缩小，所以镜中的世界是一个凸出来的半球形，就像里面有个大眼珠子和他对视一样。每天他都要花很多时间看那些油漆剥落的窗棂，龟裂的铺地砖，屋檐下的燕子窝。除了房顶上多了一些兔子，现在看到的景物和半年前看到的完全一样。虽然如此，他仍然保持原有的信心，相信这就是无双住过的地方。

除了盯着这家院子，王仙客还干了别的事情。他找来了笔墨，打算画出无双的模样。丹青非王仙客所长，而且他又有很多年没见过无双的面了，所以画出来之后，他也没把握说这就是无双。这张画后来用木版印了很多张，贴到了长安城里每个地方，并且有不少传诸后世。在画面上有一个小姑娘伸出手来，底下印一行字说：你看到我了吗？就王仙客来说，这意思是足够明白的了。但是对于别人来说，这意思却不明白。加之画工拙劣，刻工也拙劣，所以那些传到后世的版画被人称做“夜叉伸爪噬人图”。我现在案头就有一张，画上的无双的眼睛嘴巴全是三角形，真不知王仙客当年是怎么画的。

王仙客成天在楼上看那个空院子的行为显得很笨，但是就我所知，其实这个行为并不像表面上那样笨。比方说，有人以为，既然他那么想知道空院子里的事情，就应该在夜里或者什么时候跳墙到院子里去看看。有这种想法的人就忘记了跳墙是犯法的行为，而且老爹就在他门前盯着，准备逮住他。按大唐的治安管理条例，任何人跳过了一堵墙，逮住了就要杖四十，而且要脱光了屁股打，以防裤裆里夹带了犁铧片子。那时候的泥水匠修墙，从来不敢到上面去修。而且那时候的人走路总是低着头，一旦看见小孩子在地上玩泥巴筑起了沙墙，登时就破口大骂：这是谁家的小王八羔子！在街上垒墙，是要害死人吗？因为这个原因，王仙客绝不能跳墙。拿望远镜看看却不妨，望远镜是外国东西。编条例的那班老古董根本就不知道世界上有这种玩艺。

王仙客在楼上看那个空院子，自有他的道理。他说：虽然无双是他表妹，关系又不同寻常，但是毕竟有多年不见了，有些事情记得不那么准。比方说，无双的声音是什么样的，现在就记不起来。这不光是因为记忆不可靠，还因为无双变过嗓子。小时候是个公鸭嗓，后来就变成了圆润的女中音。一直到王仙客离开时还在变，谁知道最后会变成什么。无双的模样也在变，从小姑娘变成大姑娘，从没有乳房变成有乳房，王仙客也不知道最后会变成什么样。这些不固定的因素把王仙客的记忆搅成了一团糟。他所能肯定的事只是一样：无双原来住在这个地方。所以他要仔仔细细看看这院子，打算再想起点什么。他就是这么说的，据我所知，他没说实话。

我是王二而不是王仙客，但是有一件事在我们身上是一模一样的，那就是每次遇到难办的事时，用不着知道它的来龙去脉，也用不着等待事态发展，就知道这事难办。这就是第六感官吧。王仙客到了宣阳坊里，马上就知道无双很难找到。因为有了这样的思想准备，一时找不到无双不会让他气馁。与他相比，宣阳坊里的各位君子对他会旷日持久地找下去却缺少思想准备。

第二章

一

王仙客到长安城去找无双那一年，正好是二十五岁。人在二十五岁时，什么事情都想干，但是往往一事无成。人在二十五岁时，脑子聪明，长得也漂亮，但是有时候会胡思乱想，缺乏逻辑，并且会相信一些鬼话。我在二十五岁时是这样，王仙客也是这样。所以他就守在客栈里，用望远镜看那个空院子，打算在这样干时回忆起一点什么来。如果按他的打算，他应该在镜筒里看到无双，在夏天里穿着轻纱，从那些回廊上走过去。那个卖给他望远镜的大胡子波斯人就是这么说的。

那个波斯人头上打着缠头，说话打嘟噜。他说这个生牛皮做的镜筒叫做千里镜，不但可以看到千里以外的东西，而且可以看到过去未来的事情。这当然是顺口胡编，夸大其辞，但是王仙客不知道波斯人的品行，就完全相信了。那个镜子贵得吓得死人，而且那个波斯人以为王仙客买了它是要偷看女人洗澡的，还想向他推销有壮阳作用的印度神油。据他说，涂上了印度神油，不但久战不疲，而且伟岸无比。这当然是骗人的鬼话。假如这个千里镜真能看到过去的事，那就该看到无双从走廊里走过，一边走一边攀花折柳。虽然无双在成长的过程中很多方面发生了变化，但是这个攀折的习惯一直没有改。只不过小时候是恶狠狠地把枝条撅下来，拿在手里到处乱抽，大了以后改为在走过时轻轻地从花丛上摘下一朵，戴在头上。这件事情说明在无双身上有一些东西是始终不变的，所以再见到她时还有可能把她认出来。

假如那个镜子能看到未来的事情，就该能看到无双到哪里去了。假如真是这样,就可以省了到处去找。王仙客就是这样指望的。但是那个镜子里只能看到王仙客自己的胡思乱想，这不是因为它有什么魔力，而是因为它做工粗糙，很费眼睛，看不了多久，那只眼睛就又酸又痛,金星乱冒,然后就什么都能看见了。由此可见，那波斯人话不可信。他的印度神油，涂上去很可能不仅不能壮阳，甚至连根烂掉也不一定。

其实王仙客拿望远镜看那个空院子的原因，并不像他自己说的那么复杂。他想看看那院子到底空了几年了，还想看看它到底是不是三年前自己住过，无双也住在里面的那个院子。虽然他坚信就是这个院子，但是有那么多人告诉他说，他搞错了，他也不能完全置之不理。信心这个东西，什么时候都像个高楼大厦，但是里面却会长白蚁。王仙客买望远镜时，白蚁就不少了。

王仙客找无双，除了显而易见的困难，还有一点我们容易忽略的难处：无双是个漂亮的大姑娘，而王仙客又不是很确信哪个漂亮大姑娘是她。假如你盯住一个漂亮大姑娘看，那是不行的，一定会被王安老爹当流氓抓起来。唯一的办法就是让别人不知道你在看她。因此王仙客一定要有一个望远镜。他说他只往废院子里看，其实他哪儿都看。尤其是发现女人摘花采叶时，看得更仔细。只可惜那些女人都很难看，而且她们摘的都是槐花，采的都是香椿叶。那些花和叶都是拿回家吃的。无双就是见到地下有一瓶香油倒了也不会去扶的，所以她们都不是无双。

后来王仙客说，他没想到无双会这么难找，连一点线索都没有。长安城住的好像都是些怪人，上次来的时候就没发现他们有这样怪。如果他在宣阳坊里拦住一个不认识的人打听无双，那个人就会一言不发地站着，脸上露出各种各样愤怒不满的神色，这种神色就像我前几天乘四十四路公共汽车到雅宝路去时碰到的一样。因为那一带我没去过，所以我向一个小伙子打听要到哪里下车、下了车怎么走、要不要换车等等。那个小伙子站着一言不发，脸上掠过各种神色，就像王仙客曾经见过的一样。等我说完了，又过了一会儿，他忽然说道：你不觉得脚下有点硌吗？这时我才发现，我那只穿着大马靴的右脚正好踩在他的左脚上。此时我连忙把脚挪开，道歉，但是他只是抬起脚来，掸掉了鞋上的土，然后不回答我的问话，就转身走开了。众所周知，王仙客早就死掉了（用一句一语双关的话来说，他早就“作古”了）；他不可能知道我这个例子，但是他也能从别人的脸色上看出自己是个很不自觉的人。但是自己到底为什么是不自觉的人，还是个不解之谜。大唐时的长安人像现在的北京人一样，都有点神秘。参透他们言语中的哑谜，就能知道自己哪里不自觉。参透了自己的不自觉，就能够找到无双了。

王仙客在镜子里很多次看到了鱼玄机被绞死时的事，那情形就像罗老板讲的一样。鼓声响的时候，站在她背后的刽子手双手猛地抓住她的肩头，两边的刽子手把绞索绞紧。鱼玄机猛然睁开了眼睛，她的眼神凝固了。鱼玄机的眼睛很大，灰色透明，在薄薄一层缎子后面，她的腹部向后收紧，就这样僵持住了。这样过了好久，鱼玄机额头上的每一根青筋都凸了出来，那双灰色的眼睛也凸了出来，好像在眼眶里看东西不够清楚。等到刽子手松开她的绞索，松开她的肩膀时，鱼玄机向后坐到腿上，几乎要瘫软下去。仅仅一分钟的工夫，她就瘦了不少，领口也松开了，露出了锁骨和大半乳房。于是她耸耸肩膀，想把领口合上。有一个文书走上前去，问道：鱼玄机，你有什么遗言吗？后来人们传说道，鱼玄机在死前吟诗道：易求无价宝，难得有情郎。其实不是这样。鱼玄机说的是：很难受呀。就不能一次解决吗？那个文书耸耸肩膀走开了。然后鼓声又响了，又绞了她一次。这一回她咳嗽了很久，哑着嗓子说遗言道：我操你们的妈！

后来王仙客找到了处死鱼玄机的刽子手，请他去喝酒。那时候他还急于找到无双，忙于印刷寻人启事，和黑社会联络，向京城的巡检司行贿，忙了个四脚朝天。像这样从百忙中抽出时间，去请个刽子手吃饭，真是够怪的啦，王仙客自己也不能解释为什么要这样干，所以就撒谎道，自己是个传奇作家，又是鱼玄机的仰慕者，想给她写一本书。当然这样说的时候，他心里也不无内疚之心。一方面，无双还没有找到，他就关心起了别人；另一方面，假如他真是鱼玄机的崇拜者，就不该和杀了她的人同桌喝酒。所以他自责道：唉，我算什么人哪。

刽子手说起鱼玄机丧命的事，比罗老板讲的要生动得多，那是因为他站在圈子里面，并且负有捏住她的肩头制止挣扎的任务。他说，给鱼玄机的脖子上绞索时，她撩起了自己的头发，那些头发又黑又多，长及踝部，像一顶大伞一样把她罩在底下。等到她被绞死了以后，原来柔顺的头发就像烫过一样打起卷来，因而也就缩短了。鱼玄机活着时，身上有撩人的异香，死了以后香味就没有了，变成了一种腥味，就像你在牛肉铺子里闻到的一样。每个被绞死的人身上都要发生这些变化。最后致命一绞时，鱼玄机也像别人一样两眼翻了白，眼睛、嘴角里流出血来。然后她就像别的人一样变成了一具死尸。所以死前她像别人一样骂娘也是意料中事。这些都是她和别人一样的地方。也有不一样的地方，那就是她死时穿了缎子，皮肤又滑腻，所以肩膀不好抓。虽然预先在掌心涂了松香，还是抓不住。事情办完后，双手抽筋，请了好几天假，少杀了好几个人。这是不小的损失，因为刽子手拿的是计件工资。

但是鱼玄机的事情，刽子手知道的也不多，因为她只是在临刑头天夜里才到了刽子手的手上，或者说，那一天她雇了他们；更多的时间是待在牢里。这是因为只要有一点钱，死刑犯都要雇一伙刽子手来杀自己。假如没钱，只好由公家的刽子手来杀了。那些人杀人挣不到钱，就不好好杀。有时候半天杀不死，有时候杀得乱七八糟，砍头时砍到脚面上。其实每个刽子手都是两样买卖都干的，只是干公家刽子手时，管犯人叫贼子、死囚等等，还要动手打人。当私人刽子手时，管犯人叫东家，也不动手打。有关那天夜里的事，刽子手知道的就是那位东家那天夜里要到刑讯室去和伙计们见面，吃夜餐，打开枷锁，洗掉身上的污垢，为了防止待会儿被勒得大小便失禁，还要灌灌肠。这些手续和别的犯人是一样的。但是鱼玄机在某些地方和别的犯人不一样。别的犯人到了这时，就愁眉苦脸，需要安慰：东家，就这么一会儿工夫了，您还愁什么？喝口酒吧。但是鱼玄机却兴高采烈，说道：再过一会儿就要死了。可真不容易呀。还说，活在世界上当一个人，实在倒霉得很。这样的话大家听了都觉得反动：上有天下有地，中间有圣明天子，怎么能说是倒霉呢。但是想想她马上就要被绞索勒断喉咙，也找不到话来反驳她。鱼玄机和所有的人都碰了杯，管所有的人都叫大叔。开了枷就伸胳臂伸腿做体操。给犯人灌肠是件麻烦事，总是要大家动手，按胳臂按腿，嘴里骂道：叫你一声东家就不知道自己姓什么了，贼死囚！下辈子还是挨刀的货。但是鱼玄机自己就爬上了刑床撅起了屁股，同时还和灌凉水的刽子手聊着天：

大叔，别人也是你灌吗？

是呀。

那你可见过不少屁眼啦。

所有的人都觉得这个女孩子又乖又甜，谁也没想到她也会骂操你妈。

刽子手的工资很低，杀一个人挣不了多少钱，所以每个人都兼了很多份工作。就拿这位按住鱼玄机肩膀的刽子手来说吧，他除了杀人，还在屠坊里给瘟马剥皮，在殡仪馆里兼了一份差。鱼玄机说，一客不烦二主，我的后事就都交给你们好啦，并且一次付清了杀人和埋人的款子。但是上午杀倒了她以后，他在别处还有一桩生意。于是急匆匆从她身上解下绑绳来(绑人的绳子、绞索、砍头的大刀等等工具，是刽子手私人财产)，赶去杀另一个人了。等到下午他赶了一辆牛车，拉了一具棺材赶来时，鱼玄机已经被人剥光，连头发都叫人剪走了。但是她还趴在地上，双手背在后面，小腿朝后跷着，保持着受绞毙命的姿势。躺到棺材里的时候，腿还是那么跷着，好像她平时寻欢作乐的姿势一样，因此棺材盖都要盖不上了。刽子手还说，那桩买卖里他吃了不少亏，因为鱼玄机的缎子衣服和头发值不少钱，本来该归他的。刽子手没什么文化，就记得自己损失了一身衣服和一大把头发，既没有幽默感，也没有同情心。

刽子手讲到收殓鱼玄机的经过时，就不再像个刽子手，而像一般的收尸人。他说道鱼玄机背着手，跷着腿，好像一只宰完煺了毛的鸡一样。那时候正是初春，天上阴沉沉。中午下了一点雨，打湿了鱼玄机的短发。那些头发就变成一绺绺的了。被宰的鸡在开水里煺毛，烫掉的羽毛也是这样。短发底下露出白色的头皮，就像在护城河里淹死的山羊，毛被水泡掉了的模样。刽子手扯着腿把死人翻过来，把她身上最后的内裤也剥了，这时候鱼玄机翻白了的眼睛又翻了回来，死气沉沉地瞪着。脖子上致命的勒痕也已经变黑了，翻过来倒过去时，硬邦邦像个桌子，只不过比桌子略有弹性罢了。这种事情王仙客听了毛骨悚然：一个女孩子，早上你和她同桌喝酒，并且她还管你叫大叔。下午她死了，你就去剥她的三角裤。这怎么可能？有没有搞错呀？刽子手说，没搞错。那条三角裤是鲛丝做的，很值钱。剥过她的人都不识货。何况我不剥别人也要剥。只要她身上还有值一文钱的东西，就永不得安生，因为中国人有盗墓的习惯，还因为偷死人的东西最安全。就说扒短裤吧，扒活人的短裤，准会被定成强奸罪，不管实际上强奸了没有，反正不是杀就是剐。扒死人的就什么事也没了。

后来他又去找长安大牢里的人打听鱼玄机，花了不少工夫和钱。他老觉得打听鱼玄机就是寻找无双，他自己说：宣阳坊里的人肯定知道无双的下落，但是他们不告诉我真话。这不要紧，只要他们说话，就必然要透出一点线索。就说这个鱼玄机吧，她的事情必然和无双有某种关系。也许是一点相同之处，也许是一点相似之处。只要把一切都搞明白，就能知道相似之处是什么啦。

二

以下的情景不知是别人告诉他的，还是他自己想出来的。那天鱼玄机跟在衙门里的两个官媒背后，来到长安的大牢里。有那么一会儿，谁也不来理她，让她坐在刑讯室里，观赏那些血迹斑斑的刑具，以便她对所来到的地方有个清醒的认识。但是鱼玄机闭上眼睛，抓紧了随身的小皮箱，所以她就没有看见石头墙上悬挂着的铁链子，粗大的原木钉成的刑床。直到别人喊道：新来的死囚鱼玄机来上刑具！她就走上前去，手里还拿着小皮箱。后来她又按别人的示意坐在一张宽大的扶手椅上，把两条腿伸直，把脚伸到对面架子上那块木板的两个凹槽里去。这时候那个满脸横肉的牢头猛地一把从她脚上扯下一只镶了珠宝的皮凉鞋，扔了很远。鱼玄机小声说道：对不起。就从皮箱上拿下一只手，躬着身子把另一只凉鞋脱掉。这时牢头说道：皮箱也给我。她就把皮箱也交出去；看了看牢头的眼色，又从脖子上解下丝巾，束住头发，拔下钗子，摘下项链，褪下手腕上的玉钏，取下耳朵上的玉坠，捧在手里交给牢头。这些东西就哗啦啦地放到刑床上了。

后来那个牢头嘴里含着钉子来钉鱼玄机的脚，这时他觉得有必要安慰她一下，就说：你不要怕。只要你不来找麻烦，只要你乖乖地听话，我也不会来揍你，牢里也不像别人说得那么可怕等等。但是鱼玄机不回答。于是牢头把钉子都吐出来，瞪着她说，你听见了没有？鱼玄机这才如梦方醒，答道：听见了，大叔。牢头说，听见了给我拿着钉子。于是那些沾了唾液、温暖的钉子就到了鱼玄机的掌心里。这些钉子在鱼玄机的心里引起了一阵痉挛。她等牢头转过身去，赶紧皱皱眉头。

后来牢头又给她钉手，这间房子里始终只有两个人。鱼玄机瞪着灰色的眼睛，看着四四方方的钉子钻进刨光了的白木板里。等到最后一根钉子钉完，她赶紧把手端了起来，感到重量并不很重。牢头说道：柳木的，最轻的木头。我们优待你。但是项上的枷就很重了。那是些乌黑油腻的旧木板，用榫头斗起来。等到一切都装配好，牢头说，站起来，试着走走。鱼玄机站起来，试着走了一步，又小声说：大叔，我扛着这么多大木板子，可怎么睡觉呀？那个牢头猛地大笑起来，说道：你想怎么睡就怎么睡。死刑犯戴上了刑具，待在自己号子里，怎么睡觉都可以。这是你的权利。

后来鱼玄机站在牢房中间，叉开了两条腿，脖子上又架了七十多斤的死囚枷，感到摇摇欲坠，难以站立。她就像大海里一条小船，亟待靠岸。于是她艰难地转过身去，去看那张坐过的椅子。但是那个牢头拿起倚在墙上的棍子（那棍子是花椒树干制成，有一头是圆的。牢里的犯人管它叫驴鸡巴棒），说道：回你自己号子去。从牢头的角度看来，每个犯人都住在一定的号子里，偶尔出来了，就要赶快回去。但是鱼玄机感到茫然无措。因此牢头用棍子在她屁股上戳了一下。鱼玄机的臀部异常的圆滑，棍子滑开了。但是这一戳已经产生了效力，她艰难地迈开脚步，几乎是盲目地朝前走了。等到走到了走廊上，身后有了动静。那个牢子说：你自己往前走，见到开着门的号子就进去，待会儿我会来锁门的。我得走了，他们在分你的东西了！于是鱼玄机自己往前走，经过两边都是栅栏门的漫长走廊。那些栅栏门里冒出马圈的味道来。鱼玄机一点也不敢往那些栅栏里面看，也不敢听那些栅栏后面发出的声音。但是她知道那些人在说：这就是大名鼎鼎的交际花，爱情诗人等等。可能还有些挑逗的话，淫秽的话。但是她不想听，只顾干自己的事情，低着头走路。经过了艰难的跋涉，找到了那间空号子，又在地下找到了一块干净一点的地方。她坐下来，试了几下，找到了适当的姿势，把腿蜷起来，用膝盖顶住枷的分量，就这样不动了。

其实鱼玄机在牢里感受到的不便，并不只是披枷戴锁，不能睡觉。管监的牢头们自己说，我们这里就是个仓库，装了一些待发的货物。尤其是死刑犯，那就是些待销毁的废物。当然，废物也可以利用，所以守夜无聊时，就把人提到刑房里揍上一顿，作为消遣。对于鱼玄机这样的女犯，消遣恐怕就不只是揍一顿。这一点可以从牢头们的谈话里听出来。事隔二十年，他们还这样说，鱼玄机这娘们可好了，又乖又甜。她住在这里时，大家都抢着上夜班。但是这些事情王仙客就不能够想象。他是个童男子，没有这样淫猥的想象力。

王仙客所能想象的极限，就是鱼玄机坐在受刑的椅子上，把洁白消瘦的手腕子伸到柳木的手杻里，然后她睁大忧郁的眼睛，看人家把这木杻钉上，然后再抬起手来，看那两片木头钉成的木框子在手腕上晃里晃荡。在监狱里的生活就是这样，坐下的时候，十指在杻前交叉。站起来的时候向前伸出，扶住枷的前沿。在监狱里手只派这两样用场。

在监狱里走动的时候，双脚好像门扇，迈着可笑的大步向前走。这时候脚下是一个接一个的半圆，臀部也不得不跟着扭动。站着的时候，大叉着腿，就像三岁的小女孩还没有学会蹲下撒尿一样。坐下的时候大腿并紧，小腿叉开，好像一个三角架。鱼玄机的腿在监狱里就派这两样用场。

王仙客又到监狱里的厨房去，买了一份囚粮拿回家去了。那是一些十五两一个的大窝头，一个就是一天的口粮。窝头是用豆面、谷糠和酒糟蒸成的，里面还有稻草和鸡毛。像这样的窝头牢里每天都要蒸很多，一半给犯人吃，另一半卖给马戏团喂狗熊。王仙客简直就不能相信，天香国色的鱼玄机会把这样的大窝头放到枷面上，一口口地啃。这事情真不该是这样。

三

后来王仙客对鱼玄机的旧事入了迷，好像真要给她写一本书一样。这种情况一直到了有一天晚上他梦见了一只兔子才有所改变。那只兔子大得像人一样，嘴里两颗牙龇了出来，好像一对刺刀。它说：你把我们放到房上干吗呀？这时他才想到，他把兔子放到房上是为了寻找无双，他到长安城里也是来找无双。与此同时，王安老爹每夜在楼下等着抓他跳墙。秋夜里寒气袭人，等得腿上的关节炎都犯了。但是同一夜里他也梦见了鱼玄机，披枷戴锁，细声细气地告诉他说，她并没有故意打死那个使女，当时她们正在玩着一种荒唐的游戏，她一失手就把她勒死了。虽然如此，她也不抱怨别人把她绞死了。因为她是甘心情愿地给彩萍抵命。王仙客正想问，像她这样的绝代名媛，嘴里怎么会骂出像操你妈这样的粗话，梦就醒了。梦醒了以后，他有好一阵子若有所思，觉得这个梦非同凡响。最后他想了起来，鱼玄机管她的使女叫彩萍，她的使女的确是叫彩萍。而无双的使女也叫彩萍。鱼玄机和无双的近似之处原来是这样的呀。

在王仙客的记忆里，彩萍是个长得极像无双的小姑娘，稍不留神就会搞错的。夏天里，无双穿一件土耳其式的短褂子，露着一截肚皮，彩萍也穿同样的短褂子，也露着半截肚皮。连露出的那半截肚皮都是一样的洁白细腻。她们俩穿一样的土耳其短裤，一样的凉鞋。唯一不同的地方就是无双用一段金链子，拴了一个祖母绿的坠子，遮住了肚脐眼，但是彩萍的链子是镀金的黄铜，而坠子是一块绿玻璃。祖母绿名副其实，就像祖母死了埋在地下半个月再挖出来那么绿，而绿玻璃就没有这么绿。这两者的区别就像假眼睛和真眼睛的区别一样明显，价钱也大不一样，但是使女就该和小姐有这样的区别。无双还告诉王仙客说，这个丫头就值五百钱，还比不上她那匹马哪。

在梦到鱼玄机以前，王仙客已经去访问了很多人，打听鱼玄机在监狱里怎样生活。他对每件事都有兴趣，但是最大的兴趣却在于打听，她在临死时为什么要说那句“操你妈”。别人告诉他说，所有的犯人在临死前都要说这句话。尤其是那些绞刑犯人，在被绞过了两道后，假如还能说出话来，就一定要说这句话。有的人不但说这句话，还要加上一句：我现在是不骂白不骂。这就像苹果从树上掉下来，一定要掉到地上一样。假如鱼玄机不骂这句话，那就像苹果飞到天上一样不可能。但是王仙客偏觉得这事情很古怪，因为根据鱼玄机的供词，她是很情愿被判死刑的。官老爷甚至说，我可以放你回家去，你自己上吊算了，免得吃那份苦。但是鱼玄机偏说，她愿意死于国法。除此之外，她还是模范犯人，得到了上法场免捆的殊荣。像这样的犯人上了法场还要骂，实在让人难以理解。他就这样问了又问，问得当年的狱卒牢头无不害怕，只好把没收鱼玄机的一些东西还给了他。那都是一些旧衣服，给很多人穿过，已经变成破布片了。王仙客倒没有嫌破，一件件很珍贵地收了起来。但是他还在打听鱼玄机死时为什么要骂操你妈，这叫人感到头疼万分。

有关犯人在临死时骂人的事，牢头禁子和刽子手们讲的都不对。在鱼玄机以后死掉的犯人，固然都是骂“操你妈”，而在她之前死掉的犯人，不仅不骂人，反而都说些认罪伏法的话。所以鱼玄机是开操你妈之先河者。这句话现在在监狱里成了上刑场的代名词。死刑犯们互相这样说：

什么时候操你妈？

下礼拜吧。

或者说：明天我就操你妈！

鱼玄机把原来执行死刑时那种庄严肃穆而又生气勃勃的气氛完全败坏了。

后来王仙客把彩萍也列入了寻找的范围，但是彩萍也找不到。寻找彩萍的难度似乎比找无双还大，这倒不是因为找不到，而是因为太多。长安城里找不到叫无双的姑娘，叫彩萍的竟有五六千之多。虽然只有没身份的女人才叫这种俗名字，但是她们全叫这个俗名字。不到一个礼拜，他就见了一百多个彩萍。这些姑娘全是黑社会的老大找来的，有些是乡下来打工的，洗衣服洗得手很粗。有一些是街上找来的妓女，一进了门就往王仙客脖子上扑。每个都不像，哪个都有点像。这把他完全搞糊涂了。这使他很悲哀地想到，现在就是无双站到他面前，他也认不出来了。那些老大说，相公，你为什么这样挑剔呢？非要找某个彩萍，某个无双。女人脱了裤子还不是都一样。其实男人脱了裤子还不是都一样。其实我们大家还不是都一样？王仙客虽然不同意，但是他也找不到话来反驳。假如王仙客非找无双不可，那就是说，他们之间存在着叫做爱情的东西。但是王仙客根本不知道世界上有这种东西。书上没有记载，也没人告诉过他。他虽然想娶无双为妻，但是对夫妻之间要干什么却一无所知。王仙客找无双，根本就是瞎找。

王仙客向宣阳坊里诸君子打听彩萍，倒多少有一点收获，起码和打听无双时得到的反应不一样。有人说，见到过彩萍；也有人说，从来没见过。说见过的人中间，对她的模样也有不同的描述，有人说，她是个高个子姑娘，鸭蛋形的脸，出门时总穿着黑的长袍，由头顶到足踵，脸上还有黑色的面纱，和别人说话时才撩开，这时候才能看见她脸上毫无血色。这个姑娘是很漂亮的，甚至比鱼玄机还要漂亮，因为她的嘴唇比鱼玄机还要薄。嘴唇薄是薄命之相，所以她被勒死了。这个姑娘很少出门，偶尔到绒线店里买点化妆品，也极少说话。另一些人说，彩萍矮矮的个子圆圆的脸，爬墙上树，上房揭瓦，下水摸鱼，什么样的混事都干。这倒和王仙客记忆里的样子是一样的。但是王仙客还记得这些事是和无双一起干的。既然有人记得她的模样，就可能会找到她。找到以后无双也会出现了。就是因为这些原因，虽然彩萍难找，王仙客也不肯放弃。

四

王仙客去找无双时，只有二十五岁。人在那个年龄虽然聪明，却不能练达人情，难免要碰钉子。我在二十五岁时，请李先生教我英文。当时我闲着没事，李先生的英文又很好，所以我以为这个主意很好。李先生让我拿汤恩比的 *A Study of History* 当教科书。学了好几年，我连英文是什么都搞不清了，因为汤先生虽然是个英国人，写书却是各种文字都写的，只是不写中文。李先生告诉我说，这些全是英文；我也就拼命读通，念熟，记住。这样做的害处是显而易见的，因为学得越久，我越不知道英文有几个字母。不过我倒因此知道了文明是什么。照我看，文明就是人们告别了原始的游猎生活，搬到一起来住。从此抬头不见低头见，大家都产生了一些共同的想法。在这些想法里，最常见的是觉得别人“欠”，自己亏了。

所谓自己亏了，是因为自己还没发大财、老婆不漂亮而且只有一个等等；而别人都欠揍，欠走路不留神掉到井里，欠出门踩上一脚屎。我们知道大唐是盛世，长安是首善之区，当然有高度的文明。王仙客是个乡下人，又没读过汤恩比，对此当然一无所知。但是不能因此就说他没有学问。他脑子里装了一大堆原始形态的代数学、逻辑学、几何学、哲学，有了这些，就觉得自己可以解决一切难题了。但事实证明，这些东西对他没什么帮助。他到宣阳坊找无双，听别人讲了一阵鱼玄机，自己都不知自己要找谁了。假如他练达人情，就不会轻易相信别人的话。小时候我们家里养过兔子，有一阵子我成天在端详它们，推测这种端庄、温驯的动物有没有智慧。我的结论是这种东西肯定有智慧，但却是错误的一种。说它们有智慧，是因为它们总显出一种自以为很聪明，对一切都很有把握的样子；说这智慧是错误的一种，是因为我们家养兔子可不是为了给我玩，而是要杀它们吃肉；那些兔子对这一点毫无察觉，显然是长错了智慧。王仙客在宣阳坊，所恃仗的就是自己的智慧。可惜的是，他的智慧解决不了眼前的问题。

第三章

一

王仙客到长安城里找无双，长安城是这么一个地方：从空中俯瞰，它是个四四方方的大院子。在大院子里，套着很多小院子，那就是长安七十二坊，横八竖九，大小都一样。每个坊都有四道门，每个坊都和每个坊一样，每个坊也都像缩小了的长安城一样，而且每个坊都四四方方。坊周围是三丈高的土坯墙，每块土坯都是十三斤重，上下差不了一两。坊里有一些四四方方的院子，没院子的人家房子也盖得四四方方。每座房子都朝着正南方，左右差不了一度。长安城里真正的君子，都长着四方脸，迈着四方步。真正的淑女，长的是四方的屁股，四方的乳房，给孩子喂奶时好像拿了块砖头要拍死他一样。在长安城里，谁敢说“派”，或者是三点一四，都是不赦之罪。

王仙客初到长安来时，正是初春时节。他骑马走进长安城里，发现长安已经发生了很大的变化。上次他来的时候，也是初春时节，路边上繁花似锦，现在那些花都不见了。原来大道两边有好多紫玉兰，现在不但花没有了，连树都不见了，只剩下了树桩子。有的地方树桩子也不见了，地上留下了一个树坑，坑里露出树根，像被蚕吃光了的叶脉一样，非常难看。原来小巷里长了很多梨树，梨花如雪，现在梨树都不见了，小巷里多了很多小棚子，是用梨树干搭的。小棚子把路堵住了，只能从边上绕过去。原来城门口的大道是用硬木砖铺成，砖上钉着黄铜的大头钉，整个路面打磨得光亮平整，好像冰糖一样；外地来的马匹走了上去，都是一副提心吊胆的样子，因为它们看见自己下面还有一匹马。现在钉子被人起去卖了废铜，木砖就像被开水烫过的蜈蚣，变成了零乱的一团。原来坊间的大道是用蒸后的黄土铺成，平整如镜，每天早上、中午、晚上三次，穿着号服的清道夫用土把洼处垫平，并且撒上纯净的海沙。现在变得凹凸不平，到处是积水，到处是猪崽子在闲逛。一切都变得又脏又破，但是一切还是那么方。王仙客还发现路上的女人都打扮得非常难看，把眉毛画得像倒放的扫帚，用白粉把嘴涂掉了一半，装出一个樱桃小嘴的模样。和别人说话时，总要拿扇子遮住半边脸，装出一个羞羞答答的样子，而且不管你问什么，她都说不知道。假如你向个男人去打听，他就皱着眉头，不停地东张西望。等到你说完了话，他根本不回答你的问题，只说一句“少陪”，就匆匆离去了。这些情形预示着无双会非常的难找。

王仙客到长安城宣阳坊里找无双，无双非常难找，这是因为大家都以为无双不存在，还因为大家都讨厌王仙客。一个大男人，跑来找一个姑娘，而且还公开说道，要娶她回家当老婆，简直一点廉耻都没有了。男女之间的事应该是羞羞答答的，哪有这样嚷嚷出来的。除此之外，大家还觉得王仙客的那玩艺长得极为难看(是在澡堂里看见的)，又粗又长，像个擀面杖；龟头又圆又大，好像大号的蘑菇；睾丸肥大，简直像驴一样；阴毛茂盛，就像一个老鸦窝。而宣阳坊里各位君子几乎都是包茎，头上尖尖的，阴毛稀疏，那地方的皮肤颜色也很浅，保持了童子的模样。像这样的生殖器，才是君子所有，才能在众人面前露出来。而像王仙客长的那种东西，只能说明他是个急色鬼。大家都对他怒目而视，王仙客也觉得有一点惭愧，就去对别人说：老兄，我这是父精母血自己长成了这样，并非有意拉长。意思说，这是遗传在起作用，他自己没有责任。别人却不答理他的话，只是对他怒目而视，然后就一声不响地离去了。这又叫王仙客感到困惑：我的雀儿长得不好，是我的毛病。哪儿得罪你了？

王仙客到长安城里来时，骑了一匹白马。那时节出门的人需要一匹马，就像现在的北京人需要一辆自行车，洛杉矶的人需要一辆汽车一样。虽然没有它也能过，但是很不方便。他在客栈里住下以后，就关照店主要好好照看那匹马。店主人说，客官，您就在城里骑这匹马吗？王仙客说，是呀。这马有什么病吗？店主人说，没有没有。然后就下楼去了。过了一会儿，王仙客听见店主人在楼下说，那个山东蛮子要在城里骑这匹马！王仙客听了觉得不好，就跑到马房里去，把那马仔细查看了半天，看了它的蹄子和牙，发现它并没有得关节炎、气管炎、肺结核，蹄子也没有漏。他还不放心，把马送到兽医院，挂了内科号、外科号、骨科号、五官科号，每一科都看了。结果是这匹马健康状况非常的好。大夫只是说，在城里骑它，最好配个兜子。王仙客想，这大概是说，要给它配个粪兜子，省得马粪污了街面。于是他就去买了一个麻袋，拴在马屁股上了。后来他就骑着它去找无双。那马屁股上多了一个东西，就闹起脾气来，到了宽一点的街上就要横着走，但是也没踩到过人。长安城里却有一半人见了他就怒目而视，另一半人却红着脸低下了头。后来王仙客终于发现了，见了他就低头的是女人，怒目而视的是男人。而他的马和长安城里任何一匹马都不一样，别人骑的是母马、骟马，而他骑了一匹儿马。到了这时，他才知道了兜子应该套在什么地方，但是这时已经晚了。而且他还是缺少自觉性。假如自觉的话，到公共澡堂洗澡时就该给自己也戴个兜子。

不知从什么时候起，宣阳坊里所有的人都把王仙客看成了个危险人物，所有的女人见了他就要逃开，包括九十岁的老太太、三岁半的小女孩。上述女人逃走时，双手还要捂在裆下，很显然是怕王仙客犯强奸罪。至于一切十五岁到五十岁的女人，都戴起了铁裤裆。这东西后来传到了欧洲，就换了名字，叫做贞操带。但是从形象来看，叫做铁裤裆比较贴切。那东西像件甲胄，正面画了老虎头、豹子头，或者狗头，都是张着嘴要咬人的样子。铁裤裆上还有锁，钥匙在当家的手里。但是那种东西相当的冰腿，所以都在里面垫上各种保暖的东西。戴了一段之后，有点潮湿，就要摘下来晒。这时它看起来像是鸽子住的那种小房子。正面有两个大洞，好像是供鸽子出入。里面铺铺垫垫的，好像是鸽子睡的稻草。王仙客一点也没发现这些东西是在防他，只是诧异这一阵宣阳坊里养鸽子的怎么这样多。

但是怕马粪污了街面，纯粹是王仙客瞎操心，长安的市民一点也不讨厌马粪，甚至对马粪很有感情。这都是因为长安米珠薪桂，就是达官贵人也在抱怨物价太高，何况升斗小民。马粪刚屙出来时虽然湿乎乎，但是晒干了却可以烧。假如马在街上屙了粪，不但小孩子会马上扑上去，用衣服把它兜起来，就连下了班的公务员见到了，也会拿出中午带饭的饭盒，用筷子把粪蛋一个个夹进去。但是说到屙屎给人烧，给乡下人拉车进城的大肚子水牛比马还要受人欢迎，因为那种动物在街上扬起了尾巴，呼啦啦一屙就是半桶。见到了这样景象，路边上商店里的老板就猛扑出来，手里拿了写有自己姓名、籍贯、住址的牌子，猛地插在粪上。这块牌子要在粪上插很久，直到牛粪完全干燥，可以拿到家里去了，才被拔下来，擦干净备用。假如一个牌子上写着“李小二”，插到了一泡牛粪上，它干燥后就归李小二所有。我表哥博古通今，对这些事情知之甚详。牛屎的事都是他告诉我的。

我表哥还说，一泡牛屎干燥了以后，可以烧开两壶水，其热力相当于半立方米的天然气，或者两块蜂窝煤。烧牛屎还有一桩好处，就是不用和煤气公司打交道。所以牛在门前屙屎，简直是老天爷送来的财喜。当然，好事多磨，一块干牛屎到厨房之前，还会有很多磨难。吃牛屎的屎壳郎就想把它偷走，然后吃掉，这时就要派孩子去把它撵走；有时还会遇上下雨，这时候还要把斗笠戴在它上面。最讨厌的是有些人人品低下，想把别人的牛屎偷走。邻居之间老为这事打架。王仙客不知道这些事的底细，见到别人为牛屎打架，他就哈哈大笑，并且大言不惭地说：在我老家，从没有人为了牛屎吵架。这叫宣阳坊里的各位君子听了很不高兴。性子急的侯老板就反驳他道：当然了，你们山东蛮子吃生面，喝凉水，用不到烧的。但是王仙客听了这样的抢白，还是不自觉。他争辩说，我们老家出了门就是山，小山上密密层层，柞树条子有一房高，大山上都是千年的松柏，所以从来就不缺柴火。但是这样的话没人爱听。有人就对他说：既然这样，你到这里来干什么？回你的山东去吧。听了这样的话，王仙客才住嘴不讲了。根据以上情形，宣阳坊里各位君子对王仙客有如下结论：他是个来历不明的色鬼，流氓，丧门星。

二

王仙客到宣阳坊里来时，正是初春。转眼间，他就待了六个月了，已经到了秋季。过去没人见过他，他要找的人也没人认识；他的生殖器像公驴一样；他对牛粪的态度也很反常。有关第一点，人们说，谁知他是从哪里跑来的。有关第二点，人们说，我要是有女儿，情愿打死了喂狗，也不嫁给他。有关第三点，人们说，这家伙一看就是个油瓶子倒了也不知道扶的公子哥儿。但是除了嫉恶如仇的老爹和侯老板，大家还是要和他打交道，因为他有钱。假如要把他撵走，开客栈的孙老板第一个不答应，这是因为宣阳坊在长安城里既不靠城门，又不靠要道，猴年马月也不来个外乡人。除了外坊串来的土娼偶尔来开个房间，就是坊里有人结婚，嫌家里地方太小，到这里开个双人间。后一种情况下敲不了他们的竹杠，也就赚不到钱，而在前一种情况下，嫖客和妓女常常跳窗逃走，赖掉房钱。王仙客一个单身客，顶了孙老板一半还多的营业额。另外他常在坊里的铺子买点东西，雇个小孩给他跑腿，给的钱都很多。因此王安老爹几次在街坊会上提议要把王仙客撵走，总是没人附和。

王仙客到长安城里是要找无双的，但是他总是鬼鬼祟祟，不肯把自己所记得的一切有关无双的事全说出来。虽然他记得上次到长安来时（刚来时只有十六七岁）和无双打得火热，而现在已经有二十五岁了，但是要说出当年是怎么火热，颇有一点困难。比如有一天那位娇小姐别出心裁，不想从大门口出去，却要爬墙,所以要踩王仙客的肩膀。其实她不是想从墙上跳出去，而是要从墙上发射弹弓射击过路人的脑袋。那时候无双已经有十四岁了。王仙客从她两腿之间看上去,看见了两条直苗苗的腿，还有很宽敞的裤筒。在裤筒的顶端，有一件样子很古怪的东西，是灰溜溜的。当时王仙客的确心惊肉跳了一阵，但是转瞬之间就恢复了正常。时隔七八年再想起来，不但毫不兴奋，还觉得有点恶心。

像那一天无双爬墙的事，本来可以成为找到她的线索。因为他记得无双朝外放了几弹，墙外就响起几声惨叫来。墙外的事不难想象：有一位君子从这里路过，走过大门口时，为提防门里飞出的冷弹，头上顶了一个铁锅。走过了门口，觉得危险已过，就把铁锅拿下来了。谁知道无双会在墙上发弹，所以脑袋上就被打出了一到两个窟窿，鲜血淋漓。只要找到一个某年某月某日在空院子外的夹道里被打破了脑袋的人，就可以证明无双不但存在，而且在这个坊里住过；寻找工作就会有重大的进展。这原本是个很好的线索：找坊里所有头上有伤疤的人谈谈。但是王仙客又是一位君子人，他觉得这样是揭别人的伤疤，所以不肯这样干。

那天无双爬墙的事是这么结束的：她朝墙外的小胡同里放了几弹之后，忽然从王仙客头顶上跳了下来，把弹弓一撅两段扔在地下连踩了两脚，说道：没意思没意思真没意思，就跑回自己房里去了。第二天再看到她时，她已经脱掉了短褂子和短裤，穿上了长裙子，梳起了头，戴上了首饰，见到王仙客也不再大喇喇地叫他“王仙客”，而是低下头来，轻声叫他表哥。无双走动时，此脚跟再不会超过彼脚尖，坐下时也不会向后倚着椅背，跷起二郎腿来；而是挺直了脊梁，并紧了双腿，她再也不抬头看男人的眼睛。并且以后总是这样。以后她再出门去，再不是如一阵风似的跑出大门，像跳山羊一样跳上马背；而是头戴面纱，和王仙客一道出去，走到大门外，就扬起右臂，让王仙客把她抱上马背，放上侧鞍，用皮带把双腿扣好，然后才轻声说道：谢谢表哥。王仙客也骑上自己的马，两个人就并骑出坊去了。表面上看，她和王仙客规规矩矩的，其实不是这样的。因为王仙客把她抱上马去时，有一瞬间她的领口哆开了。就在这时，王仙客听见她贴着耳朵说道：往里看。于是他就看见了洁白滑腻的胸膛、乳沟和内衣的花边。过了这一瞬间，无双就一本正经地坐在马上，像所有的大家闺秀一样，把双腿并得紧紧的，像一条美人鱼。晚上那个叫彩苹的姑娘就会送来一张纸条，上面是无双狗爬体的字，写着：看见了吗？无双的情形就是这样。

像这样的事也可以成为寻找无双的线索。王仙客可以找到坊里一位君子，告诉他说：先生，无双是存在的，我记得有这么一件事……他还可以说到，在抱无双上马时，他闻见了她身上撩人的麝香气。那种香气的作用就是让男人闻了阴囊为之一紧。与此同时，他还看到了表妹乳沟里星星点点，刚刚沁出的香汗。这就是说，对于各位君子，不但可以喻之以理，还可以动之以情——我有这样这样一个表妹，你能说她不存在吗？但是王仙客虽然急于找到无双，却没失去理智。他还能够想象得到，那位君子听了这样的话，双手掩耳，满面赤红，大叫道：先生，你说的那些下流话，我可一句也没听到！

晚上王仙客睡着以后，总希望能梦见无双，因为无双是他的未婚妻。但是他一回也没有梦见过她，反而总是梦见灰眼睛、高个子、宽肩膀、细腰丰臀的鱼玄机。那个女人对他喋喋不休，因此他觉得自己对她遭遇的一切全都能够身历其境。第二天早上起来，他就觉得迷迷糊糊。久而久之，他简直就不知自己到长安是找谁，是无双还是鱼玄机。难道不是扶无双上马时，她的乳房从他肩上沉甸甸地滑过吗？难道不是无双和他在小胡同里偷吻，他把舌头伸进了无双两片厚厚的嘴唇中间？但是他怎么老会梦见鱼玄机呢？后来他总算把这个谜底给参透了。更确切地说，他什么也没参透，而是别人议论他时，被他撞见了。那些人说，他根本就不叫王仙客。他也不是来找什么无双。他的年龄也不是自己说的二十五岁，而是四十多岁。其实他就是过去和鱼玄机鬼混的狗男女之一。

假如用现在的话来说，宣阳坊里的各位君子一凑到一起，就要给王仙客编故事。像这样的故事多得很，宣阳坊里各位君子碰头的次数有多少，这样的故事就有多少。假如王仙客听到了全部这些故事，他就会一个也不相信，因为他没有分身术，不可能变成好几个人。但是他只听到了一个，就禁不住想要把它信以为真。凑这个故事的人就是客栈的孙老板、罗老板、侯老板，一共三人。那时候天色向晚，无论绒线铺，还是绸缎铺，都已经上了板。这三位君子在客栈的柜台上聊天，就说起王仙客来了。当时他们看到王仙客的房间里亮着灯，就觉得他还在房间里没出来，很安全，说什么他都不会听见。但是他们根本就不懂什么叫公子哥儿，公子哥儿还管点多少灯油吗？就算是自己买灯油，他也记不住熄灯。他们放心地编起故事来：这个王仙客，本是鱼玄机的入室之宾，鱼玄机死时，他不在长安城。过了二十年，他又找来了。这个头儿是孙老板起的，罗老板开始添油加醋。大家都是读书人，人家说起他来，也不是干巴巴的，还带有感情色彩：唉，这家伙也够痴情的了，咱们给他讲了这么多遍鱼玄机已经死了，他就是不信，现在还变着法地找哪。马上就有人顺杆爬了上来（侯老板）：这家伙真可怜。他假如知道鱼玄机已经死了，要是不疯才怪哪。所以他一露面，我就骗他说，这所空院子不是道观，是个尼姑庵。但是这小子虽然半疯了，却也不傻，硬是不上当。正说到这里，王仙客就一头撞出来了。他说：听你们这么一说，我真是顿开茅塞。你们说我不是王仙客，那我是谁？我们都知道，编故事最忌讳的就是这个。说曹操曹操就到，大煞风景。大家都闹了个大红脸，只有侯老板老着脸皮说，你是谁，你自己不知道吗？王仙客说：原来我是知道的，听你们说了以后，我却不知道了。听了这样的话，谁的脸上也挂不住了。三位君子一起拱手道：少陪。拔起腿都走了。

三

我们知道，王仙客第一次到宣阳坊来找无双是一无所获。他说无双是怎样怎样一个人，人家却说没见到。他又说，无双住在一个院子里，人家却说，那院子里住的是鱼玄机。王仙客对这些现象一直是这么解释的：宣阳坊里的人记性很坏，需要帮助。但是他们那些乱糟糟的记忆也不是毫无价值，所以他也相信鱼玄机和无双之间一定存在某种未知的关系。后来他忽然听到了另一种解释：记性很坏的原来是他，他需要帮助。他只是一个人，对方却是一大群。所以王仙客就开始不敢相信自己了。

我们现在知道，王仙客在宣阳坊里找无双时，那里有各种各样的传闻，对王仙客和那个不存在的无双给出了各种各样的解释，其中不但包括王仙客是鱼玄机的老相好，还有人说他是见了鬼，被狐狸精迷住了，等等。有的传闻一点浪漫情调也没有，根本就是一种科学假设：王仙客是个疯子，得了妄想狂。要是这些故事被王仙客听去了也好，可他偏听到了最怪诞的一种。第二天这三位君子见了面，对昨天晚上的故事也感到太过分了，所以又编出了一种新的说法：没准真有个无双，但是不住在咱们坊，王相公是一时记错了。他们故意把嗓门放得很大，想让王仙客听到。但是王仙客那时躺在自己房里，头上盖了一条棉被，一阵阵犯着晕迷，所以没有听到。

后来王仙客把自己关在房间里，像荒岛上的鲁滨逊一样，给自己列了一个问题表：

一	二
正题：我是王仙客，来找无双。	正题：我不是王仙客，也不是来找无双。
反题：没人认识我，也没人认识无双。	反题：那我是谁？

正题：其实他们认识无双，但是不想告诉我。	正题：你是鱼玄机的入室之宾。
反题：难道我们是骗子吗？我们蒙你干什么？	反题：我自己怎么不记得？
正题：很可能你们都是骗子。	正题：这种事当着人你能承认吗？
反题：小子，你说话可要注意点哪。	反题：把话说明白点，我王仙客是这种人吗？

王仙客把这个问题看了好几遍，搞不清哪边更有道理。更精确的分析指出，假如第一种理论成立，那就是别人要骗他。假如第二种理论成立，那就是他自己骗自己。而且不管哪一种理论成立，一正一反都会形成一个合题，每个合题都是“你是个疯子”，如果都列出来，就太重复，所以他把它们从表里省略了。王仙客一直以为别人想骗他，没想到自己也会骗自己，所以听了那几位的话，就有当头棒喝之感。渐渐地他开始淡忘了无双，把自己和鱼玄机联系起来了。

四

像这种被人当头棒喝的经历，我也有过。这都是二十五年前的事了。现在我是一个至诚君子，当年却是个尖刻、恶毒的中学生，阴毒犹如妇人，不肯放弃任何一个叫人难过的机会。我表哥没考上大学，他就成了我施虐的对象。有一天我对他说：你真给咱四中丢人（我们都是这所中学毕业的，算是校友）。他忽然受不了啦，对我怒吼一声道：闭嘴，甭以为我不知道你的事儿！就这么没头没脑的一句，就把我蒙住了。因为我当时正单恋一个年轻的女老师，每夜自我遂情，都以她为意淫的对象。其实这事表哥根本不可能知道，但是我做了这样的亏心事，当然害怕这种没头没脑的话。相比之下，王仙客一点也不比我无辜，他经常淫梦缠身，梦见自己去到了长安大牢，强奸了三木束身的鱼玄机。醒来以后觉得自己简直不是个东西。可怕的是，这样的事不仅仅是梦，好像以前真的干过。

王仙客在夜里梦见过鱼玄机在牢里三木束身，被牢头拿驴鸡巴棍赶到刑房里服劳役。她跪在地上，要把地板、刑床和墙上的污迹清洗干净。这间房子现在有一股马圈的味，这是因为有些犯人挨打时大小便失禁了。但是他们屙的粪却不像人粪，气味和形状都不像，因为他们吃的是狗熊的伙食。鱼玄机在地上跪着，双手按着刷子，一伸一屈，就像尺蠖一样。那个牢头还说，让你服劳役，并不是我们少了人手，主要是给你个机会改造思想。想想看，披枷戴锁在地上刷大粪，还需要什么思想？这种话听起来实在肉麻。那个牢头还说，再有四天，你就要伏法了。你有什么话要说吗？鱼玄机在心里对王仙客说，你替我想想，我有什么话，干吗要告诉他？但是不和他说话，他就要拿驴鸡巴棒打我屁股了。于是鱼玄机对牢头说：报告大叔，没什么话讲。牢头就说，岂有此理，怎么没有话讲？鱼玄机只好说：报告大叔，是我罪有应得。但是她在背地里对王仙客说，这个牢头身上很臭，像一泡屎一样。

后来事情就起了令人不敢相信的变化。忽然之间，王仙客就变成了那个牢头（也就是说，身上像屎一样臭的原来是他），绕到鱼玄机的背后去，把她强奸了。与此同时，鱼玄机状似浑然无所知，还在擦地板。干完了这件事，王仙客一面系裤子，一面说道：干完了活，自己回牢去吧。而鱼玄机却像什么都没发生那样答道：知道了，大叔。

王仙客调查鱼玄机的事情时，听到了一种传闻：鱼玄机犯事住监时，她认识的一大帮公子哥儿，不但不想法救她，反而花钱托人，让衙门里快点判她死刑，立即执行。不但如此，还有人花了大钱，让牢子歇班，自己顶班到牢里去。人家都说，大概是怕鱼玄机说出点什么来。从这个梦来看，王仙客也是那些公子之一。不但是其中之一，而且还在其中坏得冒了尖。王仙客为此十分内疚，恨不得把自己阉掉。但是他又不肯阉，因为他还想着自己是王仙客，不是那些公子哥儿。

在梦里鱼玄机告诉了王仙客很多事，包括了她和死去的彩萍的关系等等。这些事和王仙客无关，醒来他就忘掉了。他只记得干鱼玄机的时候，她还在一伸一屈地擦地板，这个动作给他带来了很大的快乐。鱼玄机向前挪动时，他也跟着她，于是他们就像是一只六条腿的昆虫啦。后来她说：大叔，我要去倒脏水了。您完了吗？而王仙客就恼怒起来：老实点。你要找揍吗？于是她就不动了，把屁股撅得更高，把脸更贴近地面，研究起地上的一只蜘蛛来。在很多的梦里，都有这只蜘蛛。

除了淫梦缠身，王仙客在白天也犯起了毛病，忽然就会掉下眼泪来。他觉得自己对鱼玄机的死负有责任。总而言之，鱼玄机本身就是个凄婉的梦，充满了色情和暴力。王仙客受到了吸引，就逐渐迷失在其中。但是这种心境我不大能体会，也就不能够把它表述出来。这是因为过去我虽然不缺少下流的想象力，但是不够多愁善感，不能长久地迷恋一个梦。而且正因为我有很强的想象力，不会被已经存在的梦吸引，总是要做新梦。好在像这样迷失在陈年老梦里的人并不少见，我们医院里就有一个，外号烂酸梨，你可以去问他这种感觉是什么。酸梨兄看《红楼梦》入了迷，硬逼着傻大黑粗的酸梨嫂改名叫林黛玉，派出所的户籍警都被他逗得差点笑死了。梨兄又写了本《红楼后梦》，是后梦系列里最可怕的一种。我看了以后浑身起鸡皮疙瘩，冷得受不了。跑到传染科一验血，验出了疟原虫，打了好多奎宁针才好。以后我就再也不敢看他写的书了。

五

王仙客到长安来时，带来了一驮银子，到了那年的秋天，那一驮银子已经花完了，连驮银子的骡子也卖了。在没听人说到他是鱼玄机的老相好之前，他已经开始盘算钱花完了怎么办，是否要捎信回去，叫老家派人带点钱来，或者抽空上凤翔州去一趟，那里有个当官的同学。可是听说自己是鱼玄机的老相好之后，他又觉得这事不着急。首先想明白了自己是谁，再干这些事不晚。他整天在房子里围着被子冥思苦想，不知不觉钱都花光了，马也卖了。等到没了钱，孙老板就叫来了王安老爹，把他撵了出去，这时候他明白了自己要找的东西是什么：既不是无双，也不是鱼玄机，而是买一碗阳春面充饥的钱。

我们北京人有句老话说，有什么都别有病，没什么都别没钱。这的确是至理名言。但是王仙客从来没有体会到这两种处境，这是因为他年轻力壮，身体非常好；还因为他是公子哥儿，只愁有钱没处花，从来不愁没有钱。但是后来这两种处境他全体会到了。先是被人说成鱼玄机的老相好，搞得精神崩溃；后来又发现一文不名，简直要饿死了。幸亏这两种悲惨处境是不兼容的：精神崩溃的人总是有一点钱，一点钱没有的人不会精神崩溃。有钱的时候，王仙客躺在床上，转着一些奇怪的念头：我怎么可能跑到牢里强奸了鱼玄机又把这事忘了呢？这不合逻辑。但是我要是干了这种坏事，又不把它忘了，也不合逻辑。为了解决心中的困惑，王仙客开始求助于先天妙数，阴阳五行，想把它算出来。但是越算越乱。然后他又怀疑自己的演算能力，打算开一个平方根来证明一下。但是他偏巧选择了二来开平方，结果发现开起来无穷无尽，不但把手头的纸全做了算草，还把地板、墙壁、天花板完全写满了。假如选了四来开平方，结果就不会这么惨。直到他被撵出客栈，他还在算，迷迷糊糊连望远镜都忘了拿，否则那东西还可以到波斯人那里换点钱来花，不至于马上就一文不名了。

王仙客被撵出宣阳坊之前，正手持一根竹竿，竹竿头上拴了一支毛笔，在天花板上写算式哪。据我所知，他是用麦克劳林级数开平方，已经算到了第五千项。这一点在现在看起来没有什么，用一台PC机就能做到；但是在当时可是一项了不得的科学成就。但是开客栈的孙老板不懂这些，只是破口大骂，说王仙客这疯子，把他的房子写脏了。其实王仙客并没有全疯，思想还有逻辑：他想开尽了这个平方，验证了自己有运算能力；然后再演算先天妙数，算出自己是谁。这两件事都做好之后，再决定是去找无双，还是去找别的人，或者谁也不找了。

等到王仙客被撵走以后，望远镜就归孙老板所有了。他把放着望远镜的房子收拾一下，然后把房钱提了三倍。但是这房子就再没有空过。每天晚上都有些有窥阴癖的老头子来租这间房子，目的当然是要用望远镜看女人洗澡了。这东西果然不凡，全坊每个在洗澡的女人都能看见。美中不足的是影像头朝下，好像在拿大顶。还有很大的像差，中间粗两头小。不管那女人三围多么标准，看上去都是枣核形，而且肚脐眼都像小号铁锅那么大。

有关这一点，我还有一点补充：在文明社会里，人人都知道女人是一种宝贵的资源，和她们睡觉会有极大的快感，如果不能睡，看看也相当解馋。正因为如此，女人既不能随便和人睡，也不能随便让人看，要不然就太亏了。

王仙客这家伙滚蛋以后，女人们也不必再戴铁裤裆了，她们感到十分幸福。因为想屙屎撒尿时，再也不用着急管当家的要钥匙啦。内急的时候，当家的不在家里，打发孩子去找，也不知找得到找不到，那个滋味真是难受哇。但是要不戴铁裤裆，却是任何有自尊心的女人都不肯干的，因为有自尊心的女人都以为自己随时都会被强奸。卖铁裤裆的人就是这么发了财。

据我所知，人在执笔演算时，可能有两种不同的目的。其一是想要解决某个问题，在这种情况下可能有结果，就是没算出来，害处也不大，因为可以下回再算；另一种是要证明自己很聪明，这样演算永无结果，故而害处非常之大。在这种情况下你不如找人来拍你马屁，说你很聪明，是个天才。人执笔写作也有两种目的，一种是告诉别人一些事，另一种让别人以为你非常甜蜜，非常乖。我个人写作总是前一种情形。假如遇到后一种情形，我绝不会浪费纸笔，而是找到那些需要马屁的人，当面去拍;这样效率比较高。王仙客就是因为犯了演算不当的错误，故而总算不出个头绪。因为本书在谈智慧的遭遇，所以提到这些不算题外之语。

第四章

一

小时候我常做这样的梦，先是梦到了洪水猛兽，吓得要命。猛然想起自己是睡着了的，就从梦里惊醒。后来又遇到了洪水猛兽，又吓得要了命。仔细一想，自己还是没有真醒，或者是又睡了，就又醒一回。有时一连醒个五六回，才能回到现实世界里来。这都是因为我睡觉太死。人家说，我睡着了半睁着眼，两眼翻白，双手放到胸前，呼吸悠长，从任何角度去看，都像是死尸。当然，这种景象我自己是看不到的。但是我很相信。因为我常见死尸，觉得它们很亲切，所以像死尸也不坏。王仙客睡着了是什么样子我不知道，但是我想，他大概也像个死尸。因为他和我一样，容易迷迷糊糊就进入梦境而不自知。甚至在梦里看到了别人长着红头发、绿眼睛，鼻子长在嘴下边，也不会引起警惕。最后遇到了青面獠牙的妖怪，实在打不过了，才开始苦苦地反省：我什么时候又睡了？与此同时，妖怪早把他按倒在地，从脚下啃起，连屁股都吃掉了。

据我所知，王仙客和我是一样的人，老是不知道眼前的世界是不是梦境，因此就不知该不该拿它当真。别人要想验证自己是否在做梦，就咬自己一口。但是这对我完全不起作用。这是因为我睡着了像死尸，死人根本就不知道疼。有时候一觉醒来，发现几乎把自己的下巴吃掉了，那时才觉出疼来。我想要从梦里醒来，就要想出自己什么时候睡着了，方能跳出梦境，这是唯一的途径。

但是这方法对王仙客这家伙有时候也没用。他一睡着了就昏天黑地，根本想不起曾经入睡。对他唯一保证有效的法子，就是考查自己的头脑是否清醒，能不能算出七加五是几。这一回他选择的办法是开二的平方，但是这方法无比之笨。假如我现在是醒着的话（当然，也有可能我是在梦里写这篇小说，这个有待核查），我知道二的平方根是个无理数，既不会开尽，又不会遇上障碍开不出数来；而是永远有正确的新数涌现，无穷无尽。王仙客就掉到这个套里了。就在他努力鉴定眼前的世界时，孙老板带着老爹出现了，要他付客房的账。他却说，等我算明白了，再和你们说话。但是老爹和孙老板冲了上来，一边一个架住了他的胳臂，把他架到了宣阳坊外，并且对他说，再敢到宣阳坊，就打断他的腿。然后他们就回坊去，宣布说，王仙客不但是个色鬼、二流子，还是个疯子。现在他的问题已经解决了，大家可以安居乐业啦。

王仙客被撵出宣阳坊时，身上一文不名，而且恍恍惚惚。时值秋末冬初，天相当冷。所以很让人担心他会冻饿而死。但是他很平安地过了冬，而且到了第二年，体重还有八十多公斤。这件事情告诉我们，千万不要低估了人适应各种环境的能力。

现在可以谈到王仙客离开了宣阳坊后的行踪。宣阳坊不能住了，他就去了附近的酉阳坊。那是个声名狼藉的街区。那坊的坊门彻夜不关，甚至根本就没有门。每一家门口都挂个红灯笼，每一家里都住着妓女。那里是长安的红灯区。长安城里的诸君子根本就不承认城里有这一坊，有这一区，但是这不妨碍他们到那里去。他们还说，仅仅三年前这里还不是红灯区。但是现在为什么成了红灯区，谁也说不上来。王仙客到了酉阳坊，觉得很饿，就跑进一座房子，对里面的人说，我很饿，请给我一点东西吃。人家就真的给了他一些东西吃。吃完了天也黑了，他就在人家屋檐下睡觉。于是人家就说，今天没客人，进来睡吧，别不好意思。从第二天起，他就给人家跑跑腿，混碗饭吃。女主人说，难得这么体面的一条汉子，要是肯来当王八就好了。她们都想嫁给他。

有关酉阳坊的情况，我们还可以补充如下：这个坊既没有坊门，也没有坊吏，旧墙上还插了好多箭头子，全锈得一塌糊涂。要是把它挖下来卖废铁，谁也不敢收，因为它是大唐的军械，收购犯死罪。坊墙上还有好多大窟窿，七十二坊里再没有一个是这样的。但是为什么会这样，谁也说不清楚。你要是问为什么说不清，长安人就会说：有些事原本就说不清楚。如果说根号二开不尽，是个无理数，酉阳坊就是个无理坊。有时候晚上睡不着，要往那坊里跑，那是个无理行动。无理之后，赶快把它忘掉就算了。

我们说过，王仙客长得很体面，飘飘然有神仙之姿。虽然穷得要饭，身上的衣服却是干干净净。除此之外，他的嘴又特别甜，见了窑子里的姑娘，不管她长得什么样，总是要说：你真漂亮！我都要晕倒了。当时不知有多少妓女要为他自杀，但是王仙客并没有当王八。虽然他觉得眼前干的事不过是在梦里客串一下，但是也不肯当王八。读书人当王八，会被革除士籍，子子孙孙不得翻身，太可怕了；所以在梦里也干不得。除了这事，别的他都肯干，包括给妓女洗内裤，到坊门口拉皮条。拉皮条的嘴也练出来了，听听他的演说词：

青春少妇，热情无比，无拘无束，家庭风格！

或者：

清纯少女形象，恬静，纯真，一枝含羞草！

坊里的妓女们说，小二（王仙客现在化名小二）可以开皮条公司了。但是王仙客却不开公司，不要钱，只要管饭，管衣服，管睡觉的地方，甚至连分红都不要。免费招待他也不干。有些妓女说，能和小二睡一觉，倒贴钱都干。但是连倒贴钱他都不干。久而久之，大家都觉得他有点问题，不是天阉，就是同性恋。有人劝他，想开点吧。人生在世，也就是这一点享受呀。但是他一声也不吭。甚至妓女们当着他的面干事，他看了也没有反应。别人还以为他道德清高，就如宋代程二先生，眼中有妓心中无妓，做梦也想不到他在算平方根。那时候他已经算出了二十多万位，纸上写不下，全记在心里。大脑袋里记了这么多事，小脑袋只能趴下啦。据我所知，操心多的人最容易得这种病。

我在梦里有时也干些坏事，比方说，杀人放火，但是绝不强奸妇女。这倒不是做梦还受了道德约束，而是因为我知道干了这种事天不亮就得起来洗内裤。做梦时脑子也不是完全糊涂，知道一些事情干不得。王仙客也是这样的。他不是洁身自好，而是怕洗裤衩。当然还有别的原因，但是这一点最重要。

后来王仙客说，在酉阳坊里这段时间，在他的生活里并不重要。因为当时他不知道是睡是醒，也不知自己在干什么事情。所以他当时干的事，现在一律不负责任。就算当时杀了人，现在也不偿命，顶多赔几个钱罢了。这种妙论我举双手赞成。我在山西插队时，也以为自己在做梦，冬天天上刮着白毛风，我们冷得要命，五六个男生钻进了一个被窝，好像同性恋者在 orgy 一样。谁能说这不像做梦？第二天早上，大衣从被顶上滚了下来，掉到撒尿的脸盆里冻住，这完完全全是个噩梦。这时外面西北风没有八级也有七级，温度不是零下三十度，也有零下二十八度。不穿大衣谁敢出去？只好在屋里生火，把尿煮开。那气味实在可怕，把我的两只眼睛全熏坏了。因为我感觉是梦，所以偷了鸡，现在也不负责任。

王仙客在西阳坊里过了一冬。第二年开了春，宣阳坊里的兔子大量繁殖，翻过了坊墙进入西阳坊地界。一来就是浩浩荡荡的一大队，西阳坊里全是女流之辈，实难抵挡。王仙客只好挺身而出，和兔子作斗争。他老家兔子很多，小孩子穿开裆裤时就开始射兔子，所以他对兔子很有办法，用弹弓打，用弓箭射，每天都能打下几箩筐。兔子肉廉价出售，兔子皮染了当假貂皮卖，挣了一些钱后，他就从妓女家里搬了出来，自己租房子住。偶尔还到妓女家里打打杂，但是不再是为了谋生，而是为了拉交情。

在西阳坊里，王仙客经常梦见鱼玄机，梦见她坐在号子里中间那一小片阳光晒到的地方。这时候他不再觉得鱼玄机也是一个梦，而是和回忆一样的东西；或者说，对他来说，梦和回忆已经密不可分。也许根本就没有真正发生过的事，只有更深一层的梦和浅一层的梦。在深层的梦里，鱼玄机坐在阳光下面，头发已经变成了一缕缕的麻絮。稻草上有很多的苍耳子，很多荆棘，很多带刺的草。那些东西都插在衣服上面，又不能用手除去。鱼玄机要躲开草刺，只好向衣服里面缩去。她闭上了眼睛。但是这一回王仙客打开牢门走了进去，这一回他脸上戴了个面具。听见了王仙客咳嗽一声，她抬起头来，叫了一声大叔。但是看到王仙客脸上的面具以后，又叹了一口气，艰难地转过身来，脸朝着墙俯下身去，用枷和手支撑着地面，好像放在地上的一件家具，臀部朝着王仙客。王仙客就走上前去，把她的裤子拉下来。等到王仙客插进去时，她呃逆了一声。于是隔壁有人敲敲墙说：小鱼，干吗哪？她答道：挨操哪。听了这样的问答，王仙客也觉得很惭愧。但是马上他又想起是在梦里，就不惭愧了。

我们说过，王仙客自觉得对男女之间的事一无所知。现在他仍然觉得自己对此事一无所知。虽然他现在能记得在梦里强奸过鱼玄机很多次，但是现在也是在梦里。梦里的事一点也当不了真。也许到梦醒的时候，一切都被忘了。

二

王仙客在宣阳坊被人看成了色鬼，公子哥儿，来历不明的家伙，声名狼藉。但是在酉阳坊里就没人说他坏话。因为这里住的都是些坏蛋，就显得他道德清高。他在这里不但发了财，而且找到她了。

王仙客说，他找到她的经过十分离奇。有一天他起早去打兔子，走在一条小巷里，露水打湿了脚下的石板地。那时候他正走在两道篱笆墙中间。在篱笆上爬满了牵牛花藤，藤上开满紫色的花朵，花朵上落满了蓝蜻蜓。实际上，两堵篱笆墙中间只有仅够两人转肩的距离，而篱笆却有一丈多高；从墙脚到墙顶，喇叭花密密层层，在每个花蕊上，都有一只蓝蜻蜓，在早上的水汽中展开它透明的翅膀；所以好像开了两层花。王仙客在其中走过时，心脏感到了重压。而在这时候，迎着正在升起的早霞，有一个早归的妓女穿着紫色的褂子，下摆短极了，露出了洁白无疵的两条腿，脚下穿着紫棠木的木屐，正朝他走来。她的脸遮在斗笠里，完全看不见。这时候王仙客不禁怦然心动。等到和她擦肩而过的时候，王仙客就侧过脸去，于是看到了一张疲惫失神的脸和一脸的残妆，但是真的有点面熟。在她身上还能闻到一股粗肥皂的味道。这种肥皂像墨一样的黑，是用下水里的油和草木灰熬成的，里面满是沙子，在市场上卖两文钱一条。王仙客就用这种肥皂洗衣服，洗澡，还用它洗脸，洗出了一脸皮屑，好像长了桃花癣一样。

那个妓女走过之后，王仙客转过身来，看着她的背影。后来她也站住了，长叹一声转过脸来。王仙客就问：你是谁？她答道：你说我是谁，我就是谁。嗓音粗哑，不知像谁，而且有点压抑，不知是要笑还是要哭。所以王仙客就拿不定主意要不要和她去，直到那个女人说，你不跟我去吗？他才扔下了背上的包袱，和她一道走了。

再以后的事是这样的：王仙客跟着那个妓女，到了她家里。那座小房子在院子的中央，有四根柱子支撑着房顶，房顶是用裁得四四方方的树皮铺成。那间房子四面都是纸糊的拉门，像个亭子一样。那个女人叫他到房子里坐，自己不知跑到哪里去了。王仙客坐在四面拉门中间，就像午夜里站到了十字路口，有四个月亮从四条路上照来。他还发现坐下的地板是惨白的榆木板，因为经常用刷子刷洗，已经起了毛，在地板的四角放了四个粗瓷花瓶，里面插着已经凋谢了的凤仙花。他就这样坐着，心里忐忑不安。后来那个妓女走了进来；她不知在哪里洗了一下，去掉了脸上的残妆，披散着头发，敞开了褂子，那里面什么也没有穿。她坐到地板上，掐下了凤仙花来涂脚指甲。然后她就脱下了褂子，伸开了四肢，躺在地板上。这个女人嘴角、颌下、眼角都有了浅浅的皱纹，腋毛和阴毛都剃了个精光。她闭着眼睛，睫毛在不停地颤动，在分开的两腿中间，有个东西，看上去有点面熟。忽然之间，王仙客想咬自己一口，因为他怀疑自己见到的是真的吗。那个妓女闭着眼睛说道，你来嘛。但是王仙客一动也不动。因为他不知道她是谁。不管她是谁，她用这种方式和他打招呼，也太奇怪了。后来那个妓女说，你不来我就要睡觉了。然后她就睡着了。王仙客独自坐在地板上，透过纸背射过来的光线灰蒙蒙的。他就在这灰蒙蒙里俯下身去，看地板上的女人。这时候他对一切都起了怀疑，觉得是在梦里。但是他又觉得现在好像是醒来了。

我表哥告诉我王仙客的事情，说到他在亭子里怀疑自己没睡醒，我就对他大有好感，觉得他是自己人。要知道并不是每个人都像我们这样，会怀疑自己醒没醒。但是他根本记不住自己睡过去了多少次，只能从所见所闻来判断了。他俯身下去，发现那个女人已经睡着了：在薄薄的眼皮底下，她的眼球在颤动，大概是在做梦吧；伸出手指，就能感到她身上的热力。从身体的形状来看，她很年轻，大概是二十几岁。但是要看她的脸，从暗藏在皮肤下的纹路来看，她准有四十岁了。她的腹部扁平，乳头像两粒小颗的樱桃小巧鲜嫩，乳房拱起在胸前，这一切都很年轻，很好看的。但是她就这样赤裸裸地躺着，又让人联想起夏天躺在路边草席上纳凉的老太太。那些老太太一丝不挂，干瘪的奶袋，打褶的肚皮，就像瀑布一样从身上狂泻下来。假如说，年轻姑娘的裸体被人看了，是吃了很大的亏的话，她们就没有这样的顾虑。因为她们的身体每被人看上一眼，自己就占了很大的便宜。每件事情背后都有这么多暧昧不清的地方，这真像梦里，或者说是在现实里一样——谁也不知道梦里和现实中哪一边古怪事更多一点。王仙客觉得这个女人和她那个东西都有点面熟，但是在哪里见过，就是想不起来了。

像这样大梦将醒的时刻，我也经历过。“文化大革命”里我在山西插队，有一年冬天从村里跑回来，在一所大学里借住，一直到开了春还不走。这个学校里当时人不多，多数人都下干校了。剩下的人里就有李先生，他是无业人员，长得秃头秃脑，一直在释读一种失传了的古文字，丢了工作，丢了生计，当时靠别人的施舍活着；还有大嫂，她是有夫之妇，那时徐娘半老，风韵犹存。我在学校里借住时，听别人说李先生不老实、荒唐、乱来等等，又听人说大嫂作风有问题、生活上不检点等等，还听到了很多暧昧不清说法。我一直搞不清这些说法是什么意思，直到有一天我在校园里闲逛，在一座待拆的旧楼里看到了他们俩干那件简单而又快乐的事——那时候我用指节敲着额头，心里叫道：原来不老实、荒唐、乱来、有问题、不检点，就是这个意思呀！

三

王仙客盘腿坐在地板上，拼命回想以前的事情，想到脑袋疼，终于想到了无双，想起了以前有一次无双爬墙的事。那时候她站在他肩上，他从底下往上看，看到了一件东西，灰灰的，和现在看到的有点像，当然没有现在剃得那么光。按理说，长胡子的人刮了脸，大模样还是不变。所以就是无双刮过了毛，也应该能确认出来，不只是有点像。于是王仙客又怀疑是鱼玄机三绞未死，又从棺材里跑了出来——这可是越想越远了。想了半天想不明白，王仙客就决定当面问问她。没准是个熟识的妓女，偶尔忘了哪。你要是心里记着一个二十万位的无理数，也会觉得自己的记忆靠不住。

王仙客临终时说，他始终也没搞清楚什么是现实，什么是梦。在他看来，苦苦地思索无双去了哪里，就像是现实，因为现实总是具有一种苦涩味。而篱笆上的两层花，迎面走来的穿紫棠木屐的妓女，四面是窗户的小亭子，刺鼻子的粗肥皂味，以及在心中萦绕不去的鱼玄机，等等，就像是一个梦。梦具有一种荒诞的真实性，而真实有一种真实的荒诞性。除了这种感觉上的差异，他说不出这两者之间有什么区别。

等了一盏茶的时间，那个女人睁开眼来，说道：我好困哪，真想睡过去就不醒。这话倒是合乎情理。刚才王仙客就看到了两个黑眼窝，还以为是她涂的眼晕呢。除此之外，还发现她的脾气很不好，老熬夜的人都是这样的。那个女人爬起身来，看到了王仙客，就问：你是谁？然后她又在自己头上击了一猛掌说：瞧我这记性。你是王相公。（王仙客心中狂喜，暗道：就算她是鱼玄机，我也是王仙客！我总算搞明白了一件事！）她说着拿起那个紫花褂子来，穿到身上，说道：你和我又干了吗？王仙客说，从来没有干过，怎么说又呢。喂，你说的是干什么？那女人说道：你别假正经了。久别重逢，先干事呢，还是先聊天？王仙客说，先干事。其实他一点也不懂要干什么，只不过瞎答应一声。但是那个妓女听了这话，就猛一下分开了双腿，做出了大劈叉的姿势，两腿中间那个东西也作势欲扑。王仙客一看，忽然如梦方醒，想起了什么来。他大叫一声道：原来你是彩萍！我可找到你了。

找到了彩萍之后，他才发现了原来自己强奸过的不是鱼玄机，而是彩萍。这件事的原委是这样的：他在无双家住着的时候，有一天夜里无双派彩萍来找他，说要商量一件事情。无双说女孩子将来都要嫁人，她很可能就是要嫁给王仙客。据说夫妇之间要干某件事，不知道那件事好不好玩。所以就让丫头来试一下。要是好，将来她就嫁。要是不好，那就出家当尼姑。王仙客开头还挺不好意思的，后来就答应了。当时彩萍在一边什么也没有说，只是满脸通红。王仙客记得当天晚上的事就是这样，也许可以算小孩子荒唐，但是强奸可说不上。

但是彩萍的回忆和他的就颇有出入。开头的部分是一样的，但是有一些背景材料：彩萍并非喜欢让王仙客搞一下，是无双用几件首饰和让她戴三天祖母绿为诱饵，把她骗来了。除此之外，无双还骗她说，也就是让小鸡鸡扎一下，你就赚那么多东西，实在便宜。而彩萍也没见过成年男子的家伙，以为和小孩子的一样。

所以她真以为占了便宜。无双说完了那些话，就走了，把自己的卧房让给了他们俩。彩萍还记得她对王仙客一撅嘴说，她老要摆个小姐架子。什么叫“叫丫头来试试”？投胎投得好，也用不着这么张狂嘛。这时候说得还蛮好的。等王仙客一撩衣服，扑棱一下露出了那杆大枪，彩萍登时就吓坏了，连忙把手指放到嘴里咬，好像在嚼口香糖。开头还强装镇定道：相公，别逗了。这是根大腊肠吧？后来又说，你好意思吗？后来伸手摸了一把，发现那玩艺烫手，登时慌了手脚，夺路而逃。但是刚出了里屋的门就被人揪着小辫子拉回来，只听见无双恶狠狠地说，死丫头，我早就防着你这一手啦！

后来的事情王仙客就一点也记不起了，他只好傻笑着听彩萍讲事情的经过，她讲出一句自己就想起一点来。开始的时候彩萍向无双苦苦哀求道：小姐，这太大了！我会死的！无双说，胡扯！别人都没死，你怎么会死。这话是在外间屋说的，王仙客听了也惭愧得要命。后来彩萍回来和王仙客干了这件事，嘴里哭爹叫妈，一会儿说，嘴里发苦，可能是把苦胆捅破了。一会儿又说，嗓子眼里顶得慌。等到完了事，她已经奄奄一息了。听到这样的事王仙客自觉有芒刺在背，据说像这样的事他们还干过许多次，因为无双对这件事有这么可怕还是不大相信；每一次彩萍都拼命地哭爹叫妈。因此事情一干完，无双就从外面跑进来，很关心地问道：还是那么疼吗？一点好的感觉也没有吗？为了贿赂彩萍，她把首饰箱都掏空了。

王仙客听了彩萍的故事，出了一身冷汗：真想不到自己是这样一个强奸犯，幸亏还有一个教唆犯。但是后来故事发生了决定性的转变——彩萍打个榧子说：其实那些哭爹叫妈，完全是装出来的。这件事开头是有一点疼，也没有那么厉害。后来不但不疼，还有很大的快感。王仙客听她这么说了以后，就有如释重负之感。但他还是问了一句：你干吗要这么干？吓唬无双吗？回答不仅出乎他的意料，而且吓了他一身冷汗：

你这坏蛋真的不知道吗？我爱你呀！！

底下的话才真正使王仙客汗颜：彩萍同意和王仙客干，丝毫不是为了首饰，也不是为了那块祖母绿，而是因为她已经单恋王仙客好久了。她说越是这样，就越不能让无双知道，所以她老是哭爹叫妈。而且也不能让王仙客知道，因为王仙客心里只有无双。但是她这样装模作样，就把王仙客害苦了。这都是因为无双很多疑，根本就不相信有那么疼；而且她又很怕疼，始终不肯自己来试试。而和一个总是哭爹叫娘的小姑娘性交，也不是一件很开心的事。后来王仙客的精神就崩溃了。他的精神和我的一样，经常崩溃，又经常缓过来，我们这种人活在世界上处处艰难，所以经常这样。

四

在西阳坊里的那段时间是王仙客一生最快乐的时光。这不但是因为他找到了彩萍，过上了稳定的生活，而且他也知道了自己要找的是谁，摆脱了布里丹的驴子的惨状。据说布里丹岛上有一头驴，见到了两堆草，就想同时到两个草堆上吃草，结果就在草堆之间饿死了。王仙客一会儿想找鱼玄机，一会儿想找无双，就是布里丹的驴。

王仙客虽然找到了彩萍，但是无双还是下落不明。原来就在王仙客回山东去了没多久，长安就闹了一场兵乱。无双一家人到城外躲难，走到城门口，正遇上叛军攻城，加上地痞流氓趁乱起哄，那里就乱成了一锅粥。那时候彩萍和无双家失散了，等到乱定后再去找，那一大家人就变得无影无踪。不但找不到人，连街坊都不承认有这家人。这件事真是古怪得很。彩萍衣食无着，只好干起这路营生。找到了彩萍，王仙客就和她一起过了。但他还是惦记着下落不明的无双。

有关那段时间的事，王仙客已经完全想起来了。他记得那段时间，他就像一匹配骡子的种马，经常被拉出去交配（无双说，表哥，再试一次，最后一次了）。他的主人手里还有一条鞭子（无双说，你不干，我把这事情告诉我妈！）。彩萍说，那段时间里她经常用唇语向他说话，总是说“不疼”两字。但是王仙客始终没有发现。这不光是因为他精神恍惚，还因为他没受过特工训练，读不懂唇术。

王仙客是这样发财的：有一天，他拿了自制的连弩在街上射兔子，那景象真是好看。他那张弩是根刻了槽的木头棍，上面叉叉丫丫张了很多充做弩弓的竹片，怪模怪样很不好看。你要是没见过他拿它射箭，一定会以为这是个衣服架子。因为王仙客不是木匠，他做出什么破烂来，也不觉得难为情。但是他的确射得很准，兔子在房子之间跳跃，他举手就能射下一个来。那时节有不少人围着看，还有人帮他撵兔子。忽然又有人拿肩膀拱了他一下，叫他到小胡同里说话。原来那人是要买他的弩。王仙客觉得这其中必有误会，就说：仁兄，这个弩只有我拿着才能射中，您拿了去，只能把老婆射成独眼龙。那人却让他少操这份心。一百块钱，爱卖不卖。那家伙长得很凶恶，一看就不是好人。王仙客觉得不该得罪他；除此之外，一百块钱也不是个小数目；就把弩卖了。到晚上又有人来定做他的弩，并付了预付金。后来他就不射兔子了，专门做弩卖；并且说，眼下兔灾横行，做弩卖也是参加灭兔斗争。其实他只要打听一下就知道了，那些弩都流入了黑社会，射死了不少人。但是他就是不去打听。

就我所知，人多了也能成为很大的灾害，丝毫不在兔子的灾害之下；当然我这样说不是想发起什么灭人的斗争——这种斗争只有大人物才能发动起来。王仙客上次到长安来时，城里远没有这么多的人。那时候街道很干净，人穿得也体面。上一趟街，不论骑马乘车，都觉得街上很宽敞。现在可不得了啦，无论到哪里，都是万头攒动的场面。车轮撞车轮，马头撞马背，到处是一团糟。这么多的人，还都有随地大小便的毛病。看了这种情景，每个人都有个善良的愿望，就是盼天上掉下个大磨盘，把自己剩在磨眼里，把别人都砸死。人已经这样多了，大家还在拼命生。连七十岁的老太太，绝经三十年了，现在也怀上了孕。这都是因为大家见到城里人太多了，恐怕政府下道命令，从此不准生孩子，所以趁现在还让赶紧。有个善良的人发明了用上等小牛皮制的避孕套，但是谁也不肯戴。因为当时熟皮子的工艺不过关，所以那东西干瘪瘪，像个风干了的小丝瓜。用时还要用带子拴在身上，不然就会掉下来。男人们说，戴上了它，女人就不像女人，像老虎钳子。女人们说，戴上了它，男人不再像男人，像个擀面棍。这说的也是实情。但是要等到发明硫化橡胶，制出柔软的避孕套，起码要一千年，实在也等不及。在这种情况之下，王仙客做射人的弩箭来卖，也算有功世道。

王仙客真正发财，是靠卖狗头箭。这种箭要提前半个月订货，一打要一万块钱。取货时间都是在半夜，买方交出一万块钱，王仙客点好了以后，就端出个大铜盘。里面鲜血淋漓盛了个大狗头，脑盖劈开，脑子里插了十二支弩箭。要是不知道，见了准以为这是一种奇怪的食品。其实只要中上一支，不管中在什么地方，不出一个月，就会两眼通红，逢人便咬，最后死于恐水症。原来这狗是疯狗，这箭传染狂犬症。这时他和彩萍住在一起，家里有很大的后院，院子里放了很多笼子，里面全是疯狗。那些狗叫得左邻右舍全不得安生。王仙客干这种事，也受到了良心的谴责。有时就问彩萍：你看我现在是不是坏了良心？彩萍就安慰他说，不坏不坏。你比小姐差远了。

要说无双有多坏，彩萍说起来才叫丰富多彩。她给无双做了这么多年的丫头，有很多的苦水要倒，随时随地都会讲出来。王仙客只要一听见她说这种事，哪怕是在做爱中间，也要把它记下来。他手里老是离不了一支笔，往一切凑手的地方写。所以他在西阳坊的那间房子很快就被写得像宣阳坊小客栈那间房子一样了。除此之外，彩萍还经常问他：相公，我要洗澡了。看看我身上还有什么你要保留的吗？这时候王仙客才去找小本子，对着彩萍的胸口、背部、屁股一一抄录。这些记录后来在找无双时起了很大作用，以后我还要提到。在此要说明的是虽然王仙客造这种箭来卖，我还是喜欢他，因为他是自己人。还因为那种箭射死的人，也都是些黑社会人物。那种人原本就不要命，死掉也算得其所哉。何况我知道他挣这样的钱，也是有原因的。他还要再回宣阳坊，找到无双。要干这样的事，没有很多钱是不行的。要干这样的事，没有彩萍也不成。现在虽然有了钱，又有了彩萍，还需要一个计划。而想好一个计划，就需要很多时间。

第五章

一

王仙客到宣阳坊里找无双，无双总是找不到。起初他想找到了无双把她带回去当老婆，后来这个目标就淡化了。后来他又急于知道是不是有一个无双，后来这个目标又淡化了。等到找到了彩萍，他已经有了一个老婆，又知道了世界上有一个无双，按说，他该不急于找到无双了。但是这件事的发展和按说很不一样，他更急于找到无双了。王仙客知道了无双开头是这样一个恶狠狠的小丫头，后来又知道了她是这样一个大姑娘，两腿之间有个灰蒙蒙的东西，乳沟里沁出了香汗，等等。知道了这些以后，他更想知道她后来怎样了，正如一个故事，知道了开头，就更想知道结尾——像这样一个大姑娘，总不会忽然不见了吧。因此寻找无双就成了他的终身事业。这个故事就像李先生告诉我的他的故事一样：他年轻的时候，看过一本有关古文字释读的书，知道了世界上还有不少未释读的文字；然后他就想知道这些未读懂的文字是什么，于是就见到了西夏文。再后来他又想知道西夏文讲了些什么，于是就把一辈子都陷在里面了。像这样的事结果总是很不幸，所以人家基督徒祷告时总说：主哇，请不要使我受诱惑。这话的意思就是说：请不要使我知道任何故事的开头，除非那故事已经结束了。

王仙客到了宣阳坊，问到了无双，人家就给他讲鱼玄机。鱼玄机没有什么危害，因为她已经死掉了，尽管她到死也不是个好东西。在酉阳坊里，王仙客继续调查鱼玄机的事，终于把有关她的一切事都弄明白了。

据说鱼玄机临死那天晚上表现得就很反常，除了要穿一身白，想死得好看，还有很多不对的地方，但是狱官比较鲁钝，没看出来。比方说，头天夜里到号子里去提她，狱官对她说，鱼玄机，你大喜！这娘们就答道：同喜，同喜。这话叫人听了打个愣怔。像这样贫嘴聊舌，就该戴上嚼子反省。狱官图省事，没有那么干，就下命令把她的锁全打开了。一般的犯人听了这话，一定会像筛糠一样抖成一团，但是她连抖都没抖一下。一般的犯人开了锁就该马上捆起来，但是也没有捆她，只是派了两个人拧住了胳臂，把她架到刑讯室去了。走到了走廊里，别的犯人有哭鼻子掉眼泪的，她却说，哭啥，不就是那么回事嘛。这就是说，没有一点认罪伏法的严肃劲。到了刑讯室里，人家告诉她，明儿早八点，三绞毙命。

她说，好啊。人家怕她没听明白，加了一句：你啊！她就说：不是我，还是你吗？人家又说，三绞毙命就是把你勒死。她说，这个我懂。为了表示她懂，还翻了一下白眼。人家没话可讲，只好说，脱了衣服，上床待着去。她就把衣服脱光，爬上了刑床。嘴里还说，二十八个人，够我一呛。

那天晚上刑讯室里是有二十八个人，但不是要干那件事情，而是想从她那里榨点油水。众所周知，死刑犯的油水难敲。那些家伙想，反正就这一宿了，还不好混嘛，就抱定了死猪不怕开水烫的态度，非到把他浑身的骨节拆散了多一半，就是不吐财。明儿一早又要拉去杀，散架子是不行的，所以又要装起来，人手少了真是不行。但是鱼玄机在这方面是异常爽快，你一说她就懂：

鱼仙姑，你的大喜事，该庆祝一下吧。

是呀大叔，应该庆祝。

你是大财主，难道让我们凑份子？

我开支票，你们填数，好不好？

大家都有点馋肉，拿了钱买了十三口大肥猪，一下全宰了，通通吃掉。结果是全生了病。一半是吃得太多，得了肠胃病。另一半吃得太急，得了绦虫病。鱼玄机一点也没吃，所以没得病。但是她也沾了光，表现在以下方面：

大叔，这水能让我先洗洗澡吗？然后再烫猪毛。

或者：大叔，别光顾了刮猪，也刮刮我呀；身上都长虱子了。

看到别人洗猪肠子，她就说，就着手给我也洗了吧。有人见她这么不严肃，就给她加了一把大粒子盐；但是她还是继续耍贫嘴。要是别的犯人，早修理她了。可是典狱官觉得她是个财主，就没吭气儿。结果是后患无穷。到了五更天，典狱官就说：小鱼，你是个好角色。我也卖个交情，明儿你上刑场，免绑。

鱼玄机说：大叔，我不要搞特殊。还是绑上吧。

典狱官说，说不绑就不绑，你想挨驴鸡巴棒吗？告诉你，不老实的犯人上法场，我们总是用烙铁把他舌头烙掉，省得他出去胡说八道。你我们是信得过的。当然，你也不能辜负了我们的信任，到了时候得说点认罪伏法的话。鱼玄机说，那当然。大叔，你让我讲点什么呢？

随便你！想怎么说就怎么说！你是有名的爱情诗人，还用我教吗？

二

就因为典狱官这么一说，他就犯了严重错误。结果是典狱官当不成，在伙房里烧了一辈子火。原本只有模范犯人才能不烙舌头。这些人或则是国子监的教习，或则是朝廷的言官，满脑子正确思想，用的不是地方才上法场。像这样的人进了监狱，开头思想不通，又哭又闹，要做耐心细致的思想工作。等到通了以后，表现就很好了，一天到晚闹闹嚷嚷，揭发别的犯人。挨杀那一天，早上五点就叫唤：臣罪当诛！皇上圣明！

要想让他省点劲到法场上喊，或者说，别现在就把嗓子喊哑，到了法场上喊不出来，就得给他戴嚼子。可这个鱼玄机，又是同性恋，又是虐待狂，起根上就不正。把这种人放出去，明摆着要找麻烦。你听听她在狱里说那些话：

我是不小心才把彩萍勒死了的。像这么又挨打又挨操，对得住她了吧？

整天老让人说认罪伏法，也不知道烦不烦！

像这样的觉悟，现在虽不至于勒死，反正不能让她出国进修，因为出去准要胡说八道。有经验的狱卒知道不好了，就关照刽子手说，待会刑车一出门，就让鱼玄机念认罪伏法四个字，每念一遍，用棍子敲一下脑袋。要是这么干了，鱼玄机没准会说认罪的话，也可能什么也不说，因为敲傻了或者敲漏了。不管怎样，都比后来的结果好。但是刽子手想：只付了勒死她的钱，没付敲脑袋的钱，这事不能干。再说，把她敲得满头是血，别人看见了，谁还雇我们？这样阴差阳错，才出了大娄子。刽子手因为她钱给得多，对她还蛮客气的。只有管捆人按肩那位分少了，变着法想整她一下。见了面就说，仙姑，典狱长虽然说了免绑，但这事没有先例呀。这事我担待不起来。后来商量了半天，决定免绑不免捆，把手在前面捆上一道。他们就这样把她押上刑场去了。坐在车上，她还和刽子手胡聊了一路：

大叔，我是个大笨蛋。

不能够这样说。你的诗写得挺好的。

那是一个方面。其他方面的确很笨，比方说，我一辈子浪漫，居然浪到监狱里去了。谢天谢地，这回是逃出来了。

仙姑，你这话什么意思？

我的意思是说，幸亏判了三绞毙命，没判无期徒刑！

这是和掌绞索的刽子手聊的。管捆人的刽子手偏要扫她的兴：

三绞毙命也不好受，勒得直翻白眼，太阳穴上蹦青筋。

鱼玄机说，那没什么，蹦就让它蹦。你知道吗？我居然长了一窝阴虱，今早上才刮掉。早知如此厉害，起码得刮光了进来。要和无期徒刑比，我宁可千刀万剐。

掌捆人的刽子手想，这叫什么模范犯人？满脑袋自由主义观念。国家分配你什么刑，就受什么刑，容你挑挑拣拣吗？而掌绞的也批评她说，仙姑，这么讲就不对了。我们收了你的钱，怎么会勒出你的眼珠子？要讲职业道德嘛。她还大放厥词道：监狱里的伙食，吃了以后拉屎都不臭。等到法场临近，才慌了，说道：刚才典狱长大叔说，临死该说几句伏法的话。您快帮我参谋一下，到时候说什么好呀？

这种话谁都不肯帮她参谋，嫌不吉利，推托说：仙姑，我们没文化，想不出来。您自己想吧。

我心里慌着呢。要不是早上灌了肠，这会儿就糟了。

掌捆人的刽子手又想：这就叫模范？一点也经不起考验，在监狱里都白学习了。什么话也不能教，让她出丑好了。堂堂的爱情诗人，临死连认罪伏法都讲不好，那才叫丢人现眼。

根据以上对话，鱼玄机原来没想到刑场上捣乱。她挺珍惜模范犯人的称号，想把认罪伏法一幕演好。你要知道，当时是大唐盛世，大家觉悟都高，谁都不想捣乱。但是认罪伏法的话的确是很难想出来的。这一点我有切身体验。要论我的记忆力，公论是非常之好，无论是电话号码本还是辞典，看过一遍就倒背如流。但是认罪伏法的话就一句也记不住。比方说，在十字路口想出了神，闯了红灯，被警察逮住，扣了我的自行车，人家启发我说：

平时学习了吗？

我就只会说：学了呀！

学了什么？

我就哑巴了。其实这时该说：十字路口，一看二等三通过。答上了这一句，一切都好说。就算他说：那你是明知故犯！你只消敲一下脑袋说道：没办法。长了猪脑壳，记吃不记打。这样说了之后，起码少罚五块钱。其实政治学习是学习什么？就是学习认罪伏法那几句话。经过了学习的人都懂，应该随时准备认罪伏法。这些话平时都记得，到时候一句也记不得。不但我，别人也是这样。要是这种坏毛病能改好，天下就太平了。鱼玄机被杀时就犯这毛病。何况她心里的事情还挺多的，一会儿一桩：

在牢里饿瘦了，不够丰满。应该叫他们给买带衬垫的乳罩。

还有：大叔，您说了待会儿我要翻白眼。能给我去买副太阳镜吗？

你看看，想的叫些什么？难道不该想想自己作奸犯科，触犯了国法吗？就这么说来说去，把别人都说烦了。何况人家勒死人之前还要运运气，定定神，不能老是聊大天。有人就呵斥她说：你要是不满意，就回牢去。她听了这话，就哀告起来：

大叔！我可是付了钱的。可别扔下我不管呀！

因为有了回牢这句话，所以到了刑场上，她就只剩一件操心事了：

大叔，能保证把我勒死吗？能保证不再回牢里去吗？

三

鱼玄机要死掉那一回，一共雇了三个人，一个在左边绞，一个在右边绞，还有一个负责在后面按住。这三个人都必不可少。假如没了左边那一个，绞索就会朝左掳，掳到了底再拧，老远的也吃不上劲。少了右边的也不成。后边的也很重要，否则勒得要紧时，犯人会站起来跑。这时两边那两位只有跟着跑，假如没人按住，跑到城外也未必能勒死。本来是三足鼎立的事，分红时，两边两位各得二股，后面的才一股，很是吃亏。懂事的雇主就给后面的一点特别津贴。鱼玄机对此一无所知，只是给了一大笔钱，让他们三位自己分，所以就把后面的得罪了，他怎么看鱼玄机都不顺眼，想给她捣捣乱。灌肠时就是他在水里加了一大把盐。鱼玄机倒是觉出腌来了，但是她也是第一回挨灌，以为都是那么疼哪，也没敢声张，怕别人笑话；这不过是开个头。这就好像我们医院要盖汽车房，公安、市政规划部门都要打点好，有一家漏掉了，盖好的汽车房还得拆掉。

鱼玄机伏法那一天，长安城里的人听说要把她勒死，就把一切都扔下跑来看。罗老板当然也在其中。后来他说鱼玄机死时视死如归等等，其实全是他在犯腻歪。鱼玄机从车上下来时两腿如筛糠，几乎站不住了。她哆哆嗦嗦地对刽子手说：怎么来了这么多人看我死！都和我有仇吗？我什么时候得罪了这么多人？

有关那一天刑场上人多，可以这样形容，真正达到了万人空巷，挥汗成雨。假如说是车载斗量呢，得假设人的体积像面粉粒。

不光地面上满是人，大树上、坊墙上也全是人。黑压压的一大片，全都目不转睛盯着鱼玄机，不由她不怕。因为她虽然天香国色，又是大诗人，毕竟是二十来岁一个姑娘，胆子小。假如是我去了，不但不害怕，还会很气愤：我怎么了，你们来看我这种热闹？人家把她手解开了，她就哆里哆嗦去拿新买的小皮包，那里面有镜子和粉盒，她打算假借化妆来掩饰心里的恐惧；但是没拿住，那些东西稀里哗啦掉了一地。当然，她没有胆子去捡，而且也捡不着。因为山呼海啸的一片大笑，早把她笑毛了。于是她张张惶惶地往土台子上爬，站在那里撩开头发让人家往脖子上绕绞索，透过了打架的牙齿对刽子手说：快点吧！都盼我早死呢。看来我是罪大恶极呀！

根据这些事实，罗老板告诉王仙客的事情不对，那天长安街头没有绞死一个视死如归的大美人，倒是勒死了一个哆哆嗦嗦的灰眼睛姑娘。那个女孩子活着时倒是蛮漂亮的，死了也就一般了。但是无论是史书，还是人的记忆，都是前一种表述；不但如此，人家把她死时遗言也改了。这到底是为什么，我也不完全明白。因为这不是我们干的事情。

现存的文献里，说到鱼玄机临死时说道，易求无价宝，难得有情郎。其实鱼玄机临死时很害怕，哪顾得上想这样的话——这就是编故事了。

那一天在刑场上，剑子手把绞索绕到了鱼玄机的脖子上，这时她往两边看看，觉得好像把脑袋插到了绕电线的线拐子里一样。后来人家告诉她，绕好了，把头发放下吧。搞好了这件事，她心里安定了一些。把头发理好以后，正打算定定神往四下看看，揣摸一下在场的观众有何要求，好好地死一回。但是这时鼓楼上就响起了第一声鼓，周围人声骚动。背后的刽子手说，把手伸过来。她背过手去，刽子手飞快地把手腕子一捆，往脖子上一吊，然后就极麻利地把她往地下一按，根本就不容她定什么神，马上就是天昏地暗，眼冒金星，这时心里真是慌乱得很。当然，其他的感觉也是坏极了。但都不如这一慌难受。后来她缓过来，眼前还是黑的，耳朵里还在嗡嗡响，就抱怨说，怎么连个招呼都不打？两边的刽子手说：我们俩不管打招呼，是你后边的那位的事。后面的人却说：忘了。

有关鱼玄机这个人，我们已经说过，她是又乖又甜，人家叫她干啥就干啥，一点也不想捣乱。但是我们也说过，她有点自由主义的毛病，还喜欢发牢骚，但是这都是些小缺点。只要经常用驴鸡巴棒敲打，用嚼子勒，并且容许她有段反省的时间，这些缺点都能改好。但是现在她身在监狱之外，驴鸡巴棒和嚼子都是鞭长莫及，一绞的动作又太快，根本就没容她想好，所以就出了问题。她没命地唠唠叨叨。两边的人安慰她道：万事开头难，以后就快了。

后面的人却说，这件事好受不了。死要是舒服，就都去死了。鱼玄机舔舔嘴里的血，感到自己的姿势有说不出的难受：背后的手腕子吊得特高，两肘叉开，后面的刽子手又把一只脚插到她两腿中间，所以她是叉着腿，撅着屁股，一个四面漏风的姿势。所有的年轻姑娘都喜欢死时并住，紧紧凑凑地死掉，不想死时松松垮垮，像个老太太。所以鱼玄机说：大叔，劳驾挪挪脚，让我把腿并上好吗？这姿势活像在挨操——再说我也难受哇。可是那个刽子手说：你活该。谁让你少给我钱！再说，用这种姿势死了，也是蛮好看的。她又抱怨说，捆手捆得太紧，这不是捆人，简直是捆猪。后面那位刽子手反驳她说：你以为你是什么？到了这种时候，你连猪都不如。鱼玄机一绞时的情形就是这样。虽然这样难受，她还觉得能熬过去。谁知又跑出来个文书类的人来，问她有什么话要说。她就实话实说道：还要死两回——真他妈的烦死了！在场的观众听了很不满意，就哄起她来了。

现在我们知道，长安城里的人对鱼玄机期望甚高。这都是因为像她这样被处死的名女人、大诗人，不是经常能够碰到。所以恨不得看她死一百回，谁知她才死了一回就烦了。当时又不能看电影，电影上老死人，看了可以过过瘾。虽然他们不满意，也不该强迫鱼玄机很喜欢死去。但是当时在场的人都不是很讲道理，所以大家就高叫：鱼玄机，没出息！怎么能讲这种话！！鱼玄机回嘴道：真是岂有此理！你们怎么知道该讲什么话！你们放下自己的事不干跑到这里来，原来不是恨我，而是教我怎么死的——这才叫以其昏昏，使人昭昭！难道你们都上过法场，被绞过一道吗？当然，当然，讲这些话不对。最起码是很不虚心啦。

据我表哥说，死刑犯中，原来有过一些很虚心的人。有过这样一位老先生，被砍头时只恨自己为什么不是一只鸭子。鸭子这种东西我们都知道，砍掉了脑袋还能活半小时。这样他没了脑袋之后还能蹦一阵，让大伙看了够刺激。还有一位老先生，被判宫刑。当众受阉前他告诉刽子手说：我有疝气病，小的那个才是卵泡，可别割错了。他还请教刽子手说：我是像猪挨阉时一样呦呦叫比较好呢，还是像狗一样汪汪叫好？不要老想着自己是个什么，要想想别人想让咱当个什么，这种态度就叫虚心啦。

四

我们说到，王仙客知道了鱼玄机被处死的情形，并且感同身受，所以他也看到了面前上万人的目光，个个金光闪闪，整合起来就如一泡大粪上的无数绿豆蝇一样。这些目光直射到他心里去，那里就又麻又痒，好像中了什么毒药暗器一样。所以假如是王仙客站到了鱼玄机被绞死的地方，为万众所瞩目，他的感觉就是这样。

有关万众瞩目，我的感觉如下：假如不是你有什么事情搞砸了，出了丑，那就不会搞到万众瞩目的地步。所以就万众瞩目搞个自由联想的话，我就会想到失落感，想到画虎不成反类犬；假如不是有什么话把儿落到别人手里，他来瞩你干吗？当然也有另一种万众瞩目，比方说，我们医院一个护士嫁给了一个瑞士阔佬。我们医院的那些小护士一面瞩一面说：这个瑞士人简直就没有审美观——听说他有兽奸倾向。所以说到万众瞩目，我是一点好联想都没有的。

鱼玄机被绞死之前，眼前不但是万众瞩目，耳畔还有万众嘲骂之声。大嫂给我讲过一件事，那就是她和李先生在旧楼里干那件丑事（大嫂老了之后，把这类风流韵事一律称为丑事，比方说，见到小孙就说：今天气色很好呀，昨晚上干丑事了吧？），已经干了很长时间了。她抬起一只手（左手，我给她记着呢）撩起头发，并把冰凉的手掌贴在滚烫的脸上。她眼看着旧楼空空落落的墙壁，忽然感到如受万众瞩目——那些目光星星点点落在她赤裸的皮肤上，耳畔响起了万众嘲骂之声。就在这时，她感觉一股刻骨铭心的快感油然而生，禁不住叫出声来。所以要是让大嫂到鱼玄机那时待的地方去被勒死，真实地听到了万众嘲骂之声，并且感觉到自己是一个干丑事的架势，她一定娇喘声声。

而鱼玄机临死那一回，无论是又麻又痒，或者想要娇喘声声的感觉都是没有的。她只是觉得身体很难受，心里麻麻烦烦的，一心想的是快点死了算了。而且她还想：我的脖子比别人细，人又瘦，也许再勒一下就死掉了，用不着再勒第三道。但是我们都知道，想怎样就怎样的自由主义观点是要不得的。上级让你被勒了几道以后死掉，你就得做那种打算，自己有别的打算都不对头。所以后来她还是活过来了。但是她对此很不满意。这一回她既看不到万众瞩目，也听不到万众嘲骂了，因为眼睛耳朵都勒出血来了。那个文书凑着她耳朵说：鱼犯，你可是模范犯人哪。想想看，我们留下你的舌头是干什么的！这时鱼玄机才说道：糟糕！我把要说认罪伏法话的事整个忘掉了！大叔，说点什么好？那人就说：你想想，还不着急。这句话要你发自内心，别人教的就不好了。于是鱼玄机就开始认真考虑起来了。因为人家让她发自内心，所以她觉得监狱里教的都不能用。鱼玄机虽然是大诗人，却属于苦吟一派，一首五言绝句都要吟半年。更何况她一路上没想认罪伏法的话，现在刚刚开始想，这就叫急来抱佛脚。最后一绞的时间早过了，大家还在等她。

我们知道，鱼玄机在说最后的遗言时和以前相比，已经发生了很大的变化。此时她丝毫也感不到自己有个身体，只剩下一点灵智浮在空中。于是监狱里牢头禁子好不容易培养出来的对驴鸡巴棒的敬畏之心就没有啦，因为她一点也不怕打了。另外，她也不怕嚼子。现在她满嘴是自己的血，吐不出来，已经很恶心，所以一点也不怕恶心。这时她要是讲出一句认罪伏法，那才叫发自内心。但是我们都知道，谁的内心都觉得那话恶心。结果她就讲出一句发自内心的操你妈来。而且还说：我真是后悔死了，以前怎么早没骂。讲完了这话，她就死掉了。而王仙客则如从梦中霍然惊醒，觉得大受启发。后来拿了大刀去威胁罗老板，与此不无关系。但是他到底受了什么启发，我表哥却没有告诉我。

但是他不告诉我我也能想出来,那大概是个“都到了这会儿了，想干啥就干点啥”的意思。从前孟夫子说：人之所以异于禽兽者，几希。几希不是没有。在我看来，希就希在有认罪伏法的态度这一点上。因此我认为一般来说，骂人是不对的。但是也不能一概而论，这和到了什么时候大有关系。假如到了那会儿，就真是不骂白不骂了。

第六章

一

建元年间，王仙客和彩萍到宣阳坊里找无双，和单独来时大不一样。这一回他来时是在六月的下午，他骑了一匹名种的大宛马，背后还跟了一队车辆。那匹马有骆驼那么大的个头，四肢粗壮，蹄子上都长了毛，脑袋像个大号水桶，恐怕有一吨重，黑得像从煤窑里钻出来的一样，而且又是一匹种马。那马的生殖器完全露在外面，大得让人都要不好意思了。王仙客骑在上面，经过什么牌坊、过街楼等等地方，就得猫腰，否则就要到牌坊上去了。在他身后，跟了好几辆骡车，车辕上掌鞭子的童仆一个个细皮嫩肉，要是食人部落的人见了，一定会口水直流。他就这样进到坊里来，径直去找王安老爹，拿出一份文书，说他已经买下了坊中央的空院子，要在此落户。老爹见了王仙客这份排场，早就被镇住了，连忙说欢迎。王仙客还告诉他说，无双已经找到了，就在后面的车上。说完了这些话，他就驱车前往那个空院子，请同来的一位官员启了封条，然后叫仆人们进去清理兔子屎。那时候院子里屋檐下的兔粪已经堆得像小山一样啦。等到院子打扫干净并且搭上了凉棚，王仙客就从马上下来，走到一辆骡车前，从里面接下一个女人来。她长了一头绿头发，绿眉毛，身上穿了黑皮子的超短裙，怪模怪样。王仙客说：无双，到家了。旁边看热闹的诸君子听了，几乎要跳起来：无双？她怎么会是无双！那么老远地瞥了一眼，就觉得不像。

傍晚时分，王仙客和那个女人在凉棚里吃了晚饭，又一块出来散步，她挽着王仙客手臂，走起路来扭着屁股。这一回大街上亮，铺子里黑，大家都看清楚了。那女人穿着一件摩洛哥皮的短上衣和短裙子（这种式样的衣服长安城里也有出产，但是皮子硝得不好，看上去像碎玻璃，走起来咯吱咯吱，下摆处还能闻见可怕的恶臭；不像摩洛哥皮无味无光轻软），上衣是对襟的，无领无袖，两襟之间有四寸的距离，全靠细皮条拴住。这样乳房的里侧和腹部的中央都露出来了。衣服里面有一道金链子拴了一个祖母绿坠子，遮住了肚脐。这个坠子可是有点面熟。超短裙的下摆在膝盖上三寸的地方。这种式样是长安街上拉客的妓女兴起来的，好处是内急时不用急着找女厕所，两腿一叉就可以当街撒尿；但是现在名门闺秀也有穿的了。脚下穿了一双檀木跟的高跟凉鞋。这种鞋的好处是万一遇上了色狼，可以脱下来抵挡一阵，做后跟的檀木块打到头上，可以把脑子打出来。

这个自称无双的女人走过每家店铺门口，都要站下来，转过身来，用双手勾住王仙客的脖子和他接吻。这件事我们知道底细，知道那个被叫做无双的女人是彩萍。但是宣阳坊的各位君子不知道，更不知道她当过妓女，当街和男人接吻对她来说，就像当街撒尿一样自然，所以大家见了这种景象都觉得很刺眼。宣阳坊坊里的各位君子，到了西阳坊也有常和妓女接吻的，就是没干过也见过，一点也不觉得别扭；但是在宣阳坊里见到了大公鸡在街上踩蛋，都要把它们撵到背静的地方去。这是因为这里是宣阳坊，看了受刺激。当然，王仙客刺激了大家，也不是没有代价。回到家里一照镜子，发现嘴唇都肿了。他的嘴唇没有经过锻炼，和彩萍的不一样。

王仙客第二次到宣阳坊找无双，他知道宣阳坊是恨人有笑人无的地方。就拿我来说吧，前不久出了一本书，拿去给朋友看。他说，你就写这种东西？多没劲哪。我看你越来越堕落了。但是不久之前，他还对我说：王二，老见你写东西，怎么也没见你发呀？有什么稿子给我吧，我认识出版社的人。那时候我就觉得到了宣阳坊里了。王仙客现在阔了，但是却没人恨他。因为他太阔，恨起来恐怕要把自己气死了，只能找个软一点的来恨恨。假如我著作等身，就要得诺贝尔文学奖，也就没人来恨我。

王安老爹说过，世界上的人除了我们就是奸党。这是从政治上讲。从经济上讲就是另一样。在经济上给我钱的全是自己人，管我要钱的全是奸党。经济上的事情往往是复杂的，比方说，大街上的个体户。他们以为我们给他送钱去，是他们的自己人。但是我们总觉得他们要钱太多，纯粹是奸党。王仙客第二次到宣阳坊时，腰缠万贯，派头很大，所以大家都把他当个自己人看。越是把他当自己人，就越觉得那个绿毛的娘们准不是真无双。但是那些老板又对下列问题感到困惑不解：既然无双不存在，我们怎么能说她是不是真无双？假如她是真无双，怎么一听见王仙客对那个绿毛妖怪说“无双，咱们回家去吧”，所有的人就一齐起鸡皮疙瘩？

有关老爹这个人，我们还有一点要补充的地方。一般来说，他对钱什么的并不在意，保持了公务人员那种富贵不能淫、威武不能屈的崇高气节；但是他也会看人的来头。假如没有这点眼力见儿，他也活不到七十多岁了。

二

王仙客搬到宣阳坊之后，房上的兔子就少了。这是因为他带了一对鹞子来。那两只食肉猛禽整天在天上飞，脚上还带了鹰哨，呜呜地发出风吹夜壶口的声音。我们知道鹞子这种东西喜欢兔子，见到了一定要把它们杀死。如果当时不饿，就带回家去，挂在树上风干，就像南方的农民兄弟喜欢把自制的香肠挂在自家门前，既是艺术品又是食物一样。这种捕猎的心理不是出于仇恨，而是出于施虐的爱心，但是它们这样干，兔子就很不幸了。它们在房顶上，很暴露，又没有躲藏的地方，于是一只只地被逮走了。王仙客的院子里有一棵枯死的枣树，很快就被鹞子挂得琳琅满目，很好看，也很悲惨。那些兔子死了之后，都蹬直了后腿，把短尾巴挂在身后，咧开了三瓣嘴，哭丧着脸，保持了如泣如诉的架势。王仙客每见到这棵树吊的兔子，就觉得在梦里见过的兔子也在其中，并且在对他说：你把我们放上房干吗呀？他觉得心里很难过，就叫一个仆人拿了竹竿守在树下，见到鹞子往树上挂兔子，就把它挑下来。于是鹞子就更努力地去抓兔子，每天都能抓到一手推车。那些兔子堆到车上被推出王仙客家后院时，就像一堆废羊毛一样。

王仙客想起了住在牢房里的鱼玄机，觉得她就是一只房顶上的兔子。这个女人不知为了什么（这一点很不重要），觉得自己应该受到国法制裁，就自愿住进了牢房，在那里被拷打和奸污，就像跳上了房一样，想下也下不来了。所幸的是，她很快就要在长安街头伏法，也就是说，她在房顶上的日子不会太长了。因为有了这样一点把握，所以她在牢里很能忍耐，对于牢头禁子的种种帮助教育也很想得开。因为她这样识大体，所以到她上刑场的前一天，狱官就去问她：鱼犯玄机，明天就要伏法了，你还有什么要求吗？我们可以尽量满足你。鱼玄机就说，报告大叔，我很满足，没有什么要求了。狱官就说，既然没话可讲，就把嚼子给你戴上。那个皮嚼子很脏，上面满是牙印，并且男犯女犯都用一个嚼子，浸满了唾液，发出恶臭来，鱼玄机对它充满了敬畏之心。所以她就说，报告大叔，我有一个要求。

据我所知，在牢房里有些话不能靠简单语言来表达，而是要通过一定的中介。比方说，要犯人出牢房，就要使用驴鸡巴棒。仅仅说，鱼玄机，出来放风啦！这不意味着你可以出来。如果你贸然出来，就会挨上几驴鸡巴棒。只有牢头说，快出来，不出来打了啊！这才可以出来。但是有一点是肯定的，就是有关出来的信息是用驴鸡巴棒来传递，不管是准你出来，还是不准你出来。这和一切有关说话的信息都要通过嚼子来传递一样，让你说话时不说话，就会被戴上嚼子；不让你说话你说话，也要被戴上嚼子。李先生五七年当了“右派”，他说，逼你说话和不准你说话都叫“鸣放”。可怜他搞了一辈子语言学并且以语言天才自居，却没弄明白什么鸣放是说，什么鸣放是不说。像这样的例子还有很多，就不一一列举了。总之鱼玄机对狱官说：大叔，我这一辈子都很好看，希望死时也别太难看。狱官听了一愣，然后哈哈大笑起来：“真的吗？原来你这一辈子都很好看！”然后就转身走掉了。一路走一路拿手里的驴鸡巴棒敲着木栅栏。邻号的犯人说：小鱼，不好了！明早上准是先割了你鼻子，再送你上法场！但是事情没有那么坏。狱官出去找了一帮收费最贵的刽子手，来和她接洽怎么才能死得好看。这件事用我表哥的话来说，就是辩证法的绝妙例子：不管什么事，你以为它会怎样，它就偏不怎样。所以你最好不要“以为”。但是也有其他的解释：鱼玄机很有钱，活着归她个人所有，死了国家要没收。干吗不趁她活着赚她一笔！

三

据说监狱里的狱官和刽子手订有协定，前者给后者介绍了生意，大家五五分成。大家都知道鱼玄机是大财主，想赚她一笔。这一点和大家对王仙客的看法是一样的。仅从他的车马来看，就知道他阔极了。比方说那匹马吧，谁都没见过那么大的马。其实那马本来是拉车的大宛马，骑起来不相宜：那么高，摔下来准是终身残废。本来他可以找一匹优秀的跑马骑了去，但是他的顾问说不可以。我们已经说过，王仙客已经和黑社会搅在一起了，所以给他出主意的有好几个流窜大江南北的老骗子。那些人说，宣阳坊那些土包子，一辈子见过几个钱？你就是骑阿拉伯名种猎马去给他看，他也不认识，反而以为你的马腿细，是饿的。所以一定要骑个大家伙去。假如你要哄一只老母狗，千万别给它戴赤金耳环（它会咬你一口），而是要拉一泡屎给它吃；这两件事虽然听起来不搭界，但是道理是一样的。所以有人建议他骑大象或是犀牛去（以黑社会的能量，不难从皇苑里借出这类动物来），但是王仙客没有骑过这两种动物，不敢骑。最后骑了一匹某亲王的种马，因为当时已是盛夏，母马都发过情了，所以可以一骑多半年不着急还。因为是专门配种的马，所以那匹马的那玩艺大得可怕，龟头就像黑甲羽林军戴的头盔，而睾丸比长安城里的老娼妇下垂的奶还要大。至于车，那倒是自己置的。但也只是样子好看，上面是黄杨雕花的车厢，神气得要命。下面要紧的车轮、轴、架子等等，全是草鸡毛，经常送去修。这说明王仙客虽然很有钱，但是没有他摆的那么阔，还要在小处省俭。就是这样，他也已拿出了全部的积蓄。假如这一次还是找不到无双，后果真是不堪设想。

王仙客进了这个院子，发现里面空空如也。窗户纸全破了，门窗上的油漆全剥落了，房子里的东西全都没有了。只剩下正房里孤零零一把太师椅。这件家具虽然孤单，但是寓意深远。这是因为别的家具都可以搬走，安放在其他地方，只有它不能安放在其他地方。当时的人相信，一家之主的座位，放到别的地方就会闹鬼。

晚上王仙客在家里，点起了所有的灯。现在他住进了正房，坐在正对着门口的太师椅上。太师椅并不舒服，坐在里面就像坐进了硬木盒子；就像这间房子不舒服一样。这间房子是他舅舅过去住的——真是奇怪，直到今天才想起自己有个舅舅来。除了舅舅，他还有个头发稀疏、虚胖惨白的舅妈，过去常在这房子里进进出出，嘴里说些不酸不凉的话，都是讽刺他的。比方说：这么个大男人，跑到长安来，不图个功名进取，算个什么东西？再比如：成天和我女儿泡，癞蛤蟆也想吃天鹅肉吗？我女儿也不能嫁给武大郎。这些话听了半明白不明白，依稀想到了大男人、癞蛤蟆是说他，但是武大郎这个名字却从来没听说过。王仙客怎么也想不到再过几百年有个宋朝，宋朝有个宋江，宋江手下有个武二郎，武二郎的哥哥叫武大郎，他被自己的老婆毒死了。因为听不懂这句话，所以这话对他也起不到吓唬作用。

王仙客的舅妈是个女奸党，她以为王仙客是白丁一个，把女儿嫁给他要吃大亏，这也是奸党的见识。无双却不是奸党，她知道王仙客智能无匹，乃是当世的千里驹，所以一心要嫁给他。唯一让她犹豫的是他的家伙太大，恐怕吃不消。一想到这件事，她就要咬指头。一咬指头就会把好容易留起的指甲咬坏。所以就在她手指上抹了些黄连水。这是大家闺秀家教的一部分：既可以防止咬手指，又可以防止吃饭时嘬手指。除此之外，还不能吃饱饭，要勒细腰，说话不准露牙齿，每天都要参加上流社会的party。无双说，这些 party 完全是受罪，既不能打呵欠，也不能伸懒腰，连放屁都不可以。从 party 上回来，无双就脱掉紧身衣，只穿一件兜肚，跑到王仙客屋里说：表哥，我实在受不了啦。你快把我娶走吧！

王仙客坐在太师椅上，想起了好多事和好多人。他甚至想起了无双家里的老司阍。那个老头子长得酷似王安老爹，也是一只眼睛，瘦干干的模样。这个老头子很会省，或者说，视钱如命。据说他有了钱就去买印花布，用蓝布包好了挂在房梁上，挂得门房里连天花板都不见了，却舍不得钱去逛窑子，躲在门房里打手铳，被人撞见了好几回。无双的母亲要把他撵走，但是老撵不成。他好像有点背景。还有无双的奶妈，长得像座大山。经常到厨房要来两个用过的面口袋，坐在前院里给自己缝乳罩，一个盛五十斤面的口袋只够一边。她老想勾搭后面的大师傅。那个大师傅红白案皆能，戴一个铁脚近视镜，头顶秃光光。还有一个老是醉醺醺的车夫，还有个姨娘，是老爷的小老婆，每天傍晚时都要在院子里高叫一声：彩萍！到厨房给我打点热水来，我要洗屁股！

王仙客坐到这个椅子上时，感到很累。因为他花了两年的工夫，才找到了这个空院子，而要找的人却越来越多了。原先只有一个无双，后来多了一个鱼玄机，现在却是整整的一大家人。再找下去还不知要冒出来多少。想找到一个人已经很不容易，何况是一大群。但是他别无选择，只有找下去。这是因为王仙客是个哲学家，知道这句名言：运动就是一切，目的是没有的。所以寻找就是一切，而找的是谁却无关紧要。

王仙客坐在这个椅子上，什么都想起来了。因为这个椅子是这所房子的中心，那些人都为它而存在。其实到宣阳坊以前，王仙客记得其中的每个人，但是宣阳坊里的人说，他们不存在，所以就淡忘了。但是坐在这个椅子上，就会对此坚信不移，因为椅子在这里。

王仙客坐上了这个椅子就浮想联翩还有一个原因，那就是因为这椅子也是他的座位。以下是一些背景材料，你可以相信，也可以不相信。在唐朝，人们认为舅甥关系的重要性，不下于亲子关系。所以假如一个人没有儿子的话，外甥就是他的继承人。王仙客的舅舅就没有儿子。同时在唐朝，一个男人要是有表妹的话，就一定要娶她当老婆。只有没有表妹才能娶别人。就是因为王仙客既有表妹，又有舅舅，所以他已经在山东老家被扫地出门。假如他找不到无双，他就没地方可去了。在这座宅子里，王仙客和他舅舅都是一家之主。但是他就是想不起他舅舅来。彩萍告诉他说，那是个黑胖子，面孔很粗糙，成天寡言少语的。她还说了很多细节，但是王仙客一点也不记得了。这就是说，所有的人是为了椅子上的人而存在，但是椅子上的人反而不存在。这就叫辩证法吧。

四

为了来找无双，彩萍把头发染绿，但是当时的染发技术不过关，上午染的发，到了下午就有返黑的倾向；晚上睡一觉，枕头染得像洒上了苦胆一样。而且那种染料会被吸收到体内，以致她的血都变绿了，整个像一只吃饱绿叶的槐蚕。王仙客和她做过了爱，连阴茎都会变得像临发芽的绿皮土豆。而且她还会出绿色的汗，这时候雪白的皮肤就会呈现出一片尸斑似的颜色。而且她眼睛里的世界正在变蓝，这是因为她的眼睛已经变成绿色的了。如果拿来一条雪白的手绢朝上呵一口气，手绢也会变成淡绿。这个绿荧荧的彩萍按照王仙客的嘱托，从家里出去，到侯老板的店里买一支眉笔。挑来挑去，眉笔都是黑的。彩萍就挑起眉毛来说：大叔，这颜色不对呀。有绿色的吗？侯老板说：小娘子真会开玩笑。哪有人用绿眉笔。彩萍瞪起眼来说，这怎么叫开玩笑！都是黑眉笔，绿眉毛的人怎么办？侯老板说：这就是抬杠了，哪有人长绿眉毛！彩萍就喝道：龇牙鬼，你睁开眼睛看看，老娘长着什么颜色的眉毛？侯老板听了这话，好像挨了兜心一拳。想要把这个来历不明的绿毛妖精臭骂一顿，又好像被什么人掐住了喉咙。直等到彩萍走出了店堂，他才追到门口去，大叫道：臭婊子，你不要美！我知道你是谁！早晚要你的好看！

彩萍对王仙客说过，侯老板脾气虽然坏，但却是个好人。好人都是心直口快。侯老板骂过“我知道你是谁，早晚要你的好看”，就回到柜台后坐下了。这时他对自己骂过的话将信将疑起来：到底他知不知道这绿毛婊子是谁，早晚会怎样要她的好看，等等，都成了问题。顺嘴说出来的话，似乎不是全无凭据，但是他实在想不起凭据在哪里。彩萍在侯老板店里捣乱的事就是这样的。

从侯老板家出来，彩萍又进了罗老板的店。罗老板的店里除了绸缎，还卖妇女卫生用品。彩萍一进去就高声喊道：老罗，要两打最好的江西藤纸纸巾，可不能是臭男人摸过的。罗老板说，小姐，纸巾我们有，保证是干净的。彩萍说，干净？干净你娘个腿！你的事我都知道。你姐夫是国子监的采办，经常到你店里买纸张，拿回去发给那些臭书生当草稿纸。然后你再到他们手里半价买回来，来来回回地赚钱。现在你又想把它卖给我垫那个地方。你知道是哪儿吗？不知道？告诉你，你想舔都不能让你舔。罗老板听了头上见汗，连忙说，小姐，积点口德吧。我有刚从江西办回来的纸，保证干净的。价钱贵一点。彩萍说，少废话，卖给别人什么价，卖给我也什么价，不然我就给你捣乱。罗老板也不敢再说别的了。她夹着这两捆纸扬长而去，把罗老板气得目瞪口呆，顺嘴就溜出一句来：官宦人家的小姐，怎么就少了这两个钱？

这两句话出了口，罗老板忽然心里一乱：我怎么就认定了她是官宦人家小姐呢？要知道，现在人心不古，世道浇漓，什么人都有。想到这里，他又觉得刚才那句话是个绝大的错误。但是自己为什么会犯这样的错误，却还是个谜。而他说出这句话时，彩萍还没走出店门。她应声把裙子的后摆一撩，把屁股往后面一撅。我的妈，露出的不光是雪白的大腿和屁股。这娘们根本就没穿内裤！彩萍对王仙客说过，整个宣阳坊里，就数罗老板心理阴暗，看见了女人的屁股就像兜心挨了一拳。假如漂亮的女孩子都不穿衣服，罗老板这样的人就会全部死光了。

从罗老板那里出来，彩萍又遇上了王安老爹。她对王安说，老爹，我扶你一把行吗？我要提提鞋。说着就按住了老爹的肩头，弯下腰去了。她对老爹说，这种高跟鞋真难穿，一只脚站不住。可是老爹没听见。他正顺着彩萍的领口往里看，看到了一只乳房的全部和另一只的大部。但是按老爹的话说，不叫乳房，叫做奶子。老爹告诉别人说，那娘们的奶子真大。老爹还说，这娘们不要脸，里面连个奶兜兜都没戴。提完了鞋彩萍直起腰来说，老爹呀，你兄弟上哪儿去了？老爹摸不着头脑说：小娘子，认错人了吧？咱们是初会呀。彩萍就格格地笑，说道：老爹，你老糊涂了。自己双胞胎兄弟都忘了。王定！原来给我们看大门！

老爹听了这些话，二二忽忽地觉得自己是有个兄弟，长得和自己一模一样，在空院子里看过大门。好像是叫王定。老爹眯起眼来，右手搭个凉棚后仰着身子打量彩萍，迟疑着说：请问姑娘您是……彩萍大笑道：王仙客没跟你说？我是无双呀！王定老爹给我家看十几年大门了，也算老东老伙的啦。见到他让他来吧，别老躲着啦。

听了这些话，老爹发起傻来。彩萍趁势又说了一些鬼话：您老的兄弟可有点不争气，一点不像你。在我家门房里打手铳，居然滋到了蚊帐上。老爹听了大怒道：闭嘴！你是谁，我们会查出来的！告诉你，诈骗可是犯罪！犯到了衙门里，老粗的大棍子打你屁股！但是彩萍已经扬长去了。

彩萍告诉王仙客说，宣阳坊里，王安最傻，但是他又最自以为是。他的记性就像个筛子，对自己不利的事情都会漏过去。

后来彩萍又到孙老板店里去，要王仙客放在那里的望远镜。孙老板好像得了甲亢（甲状腺功能亢进），两个眼珠子全凸出来了；以前不是这样的。这是因为他一有了空，就上楼去看那个望远镜，但是那个镜子在光学上有点毛病，所以引着眼珠子往外长。据我所知，波斯人的几何光学不行。这门学问只有西方人想得出来，东方人都不行。比方说，咱们中国人里的朱子老前辈。他老人家格物致知，趴到井口往下看，看到了黑糊糊的一团。黑糊糊的一团里又有白森森的一小团。他就说，阴中有阳，此太极之象也。其实白森森的一团是井口的影子。只要再把脖子伸长一点，就能看见白森森的一团里，又有黑糊糊的一小团。那可不是阳中又有阴了，而是您自家的头。头是六阳会首，说成阴是不对的。就这么稀里糊涂，怎能画出光路图。孙老板也觉得镜子有问题，几次拆了修理，越弄越模糊。就像童谣里唱的那样，西瓜皮擦屁股，越擦越黏糊。他就没王仙客聪明，王仙客看完镜子，就用手掌把眼珠子往回按，所以眼睛不往外凸。彩萍对孙老板说，她要把王仙客落在这里的望远镜拿回去。孙老板大惊道，这东西王相公送给我了呀！彩萍就说，放屁！你又不是他舅子，这么好的东西他为什么要给你？告诉你，待会儿老老实实把镜子送到我们家，别让老娘再跑腿。要不然老娘就告你开黑店！说完了她就回家了。

五

第二天一早，孙老板就把望远镜送回王仙客家去了。这是因为他真的害怕彩萍去告他开黑店。按照大唐的律法，开黑店是最重的罪，要用绞车吊起来放进油锅里炸。但是大唐朝开黑店的最多了，谁也不怕被劫的告他们，这是因为开黑店的虽然要炸死，但是油钱要由告主出，公家没这笔开支。除了油钱，还有柴火钱、绞车钱、铁锅钱等等，但是最多的开销还是油钱。要是没有一千斤上好的小磨香油，衙门根本就不接案子。其实到了炸时，锅里一滴油都没有，油全被衙门里的人和刽子手分了；只有一口烧得通红的锅，把人放到锅里干爆，爆得像饼铛上的蛐蛐，跳跳蹦蹦的。所以一般人不肯告人开黑店，一半是出不起钱，一半是觉得出了钱不值。假如被人劫在黑店里，死了就算了，没死下回注意也就是了。开黑店的也很注意，不劫太有钱的人，以免他们生了气，出上万把块钱来干爆你。孙老板虽然并未开黑店，但是也怕彩萍告他开黑店。因为你只要肯出一万块，不管告谁开黑店，都是一告一准。衙门里的老爷问这种案子，就一句话：你不开黑店，人家会出一万块来炸你吗？这件事说到头就是一句话，王仙客太有钱了，叫人害怕。

孙老板到了王仙客家门前，对看门的小伙子说，劳驾给管家通告一声，我来送王相公落在我们那里的望远镜。那小子直翻白眼，说：你放在这儿就得了。怎么，看不起我？孙老板连忙说：不不，我哪敢。只是这是件贵重东西，要劳管家写个收据。那小子就说：我给你看看去。谁知人家肯不肯见你。但是他进去了不一会儿，王仙客居然跑出来了，嘴里叫道：孙老板，什么风把你吹来了？有日子没见了。快进来。他还呵斥看门的，说道：这么重的东西，你就让客人抱着？一点规矩也不懂！

孙老板把望远镜给了看门的，就和王仙客到院子里去了。据他后来说，王仙客人非常好，走到每个门前，必定停下来，伸手道，孙兄请。孙老板也一伸手道，相公请。王仙客就说，好，那我前面带路了。这是我们国家待客的风俗，非常之好。因为假如让客人自己走，没准他会走进了女厕所；要是里面正好有人，就更不好了。王仙客把孙老板让进了客厅，叫仆人泡茶，然后说道：

我落了那么一件小物件，您替我想着，今天又跑这么老远送了来，真不好意思呀。孙老板说道：应该的，应该的。谁知就在这当儿，里间屋响起了一个极刺耳的声音，道：他没那么好心！是我管他要的！随着这声动静，那个自称无双的绿毛妖精、大骗子、臭婊子、千人骑万人压的东西就出来了。

后来孙老板和宣阳坊里诸君子在一起时，就这样称呼彩萍。我们在“文化革命”里也用这种口吻称呼人，比方说大叛徒、大工贼、大黑手、地主阶级的孝子贤孙某某；或是“文化革命”的旗手、伟大某某的亲密战友、我们敬爱的某某同志；说起来一点也不绕口，比单说某某还快。但是他们说彩萍时，不知她是彩萍，就没了名字，用“东西”代之。孙老板后来说到的和王仙客谈话情形是这样子的：他刚和王仙客说了两句话，那臭婊子就跑了出来，那模样真叫难看。这回她不穿皮裙子了，也没染绿头发，穿上了黄缎子的短裤短褂，脚下穿趿拉板，这个样子很像一个人——但是像谁就想不起来了。这个不要脸的东西说：老王，你这么抬举他干吗？王仙客就说：不可对贵客无礼！你干你的事去吧。但是彩萍却说：我不走，听听你们说什么。后来宣阳坊里诸君子谈到此事，就说：没做亏心事，不怕鬼叫门。她要是没做坏事，干吗连别人说什么都这么关心？

王仙客和孙老板的谈话里，有很重大的内容。他说到自己有个舅舅，姓刘叫做刘天德。还有个表妹叫无双。舅舅没有儿子，他就是继承人。无双没有别的表哥，当然是要嫁给他了。所以好几年前，舅舅把自己万贯家财的一半交给了他，让他到外地发展（当然，这不是对长安和朝廷没有信心，而是多了个心眼。前者是不爱国，后者是机智，这两点无论如何要分清）。这些年他在山东发了财，回来向舅舅报账，并且迎娶无双，谁知不知为了什么，也许是一路招惹了鬼魅，也许是发了高烧，等等，竟得了失心疯，糊里糊涂的，把舅舅住哪里都忘了。所以就在宣阳坊里闹了很多笑话。宣阳坊诸君子听了这些话，双挑大指道：王相公真信人也！发了大财不忘旧事，难得难得！连老爹都说他是我们的人，不是奸党了。

老爹还说，王相公刚来时，见他油头粉面，来路不明，说了他一些话，你们可别告诉他呀。现在知道了他有这么多美德，知道他是自己人，这种话就再不能说了。像这种见到别人了得，就把他拉到自己一边的事，我们现在也干。比方说那个成吉思汗，我们说他是中国人，其实鬼才知道他是哪国人，反正不是中国人，因为他专杀中国人。他再努把力，就会把你我的祖宗也杀了。倘若如此，少了那些代代相传的精子和卵子，我们就会一齐化为乌有；除非咱们想出了办法，可以从土坑里拱出来。

孙老板还说，王仙客讲这些话时，那个女人就在一边插嘴道：表哥！咱们家的事情，告诉这家伙干吗？王仙客就解释道：无双，你不晓得，为了找你，我和坊里人闹了多少误会，现在不说说清楚行吗？当时那个女人就坐在椅背上，搔首弄姿，要王仙客亲亲她。亲嘴时当然就不能讲话了。那个女人又说：表哥，咱们补课吧。王仙客就红起脸来说：胡说，补什么课？她又说：怎么，才说的话就忘了？要不是兵乱，咱俩五年前就该结婚了。就算每天干一回吧，误了一千多回。所以你得加班加点。补不回来死了多亏呀。王仙客说：岂有此理，当着贵客说这种话。孙老板听了不是话头，就告辞了。

孙老板还说，后来王仙客送他出来，告诉他说：这位无双，是他从西阳坊里找来的。原来乱兵入城那一年，舅舅一家就全失散了。表妹沦落风尘，吃了不少苦头，现在变得言语粗俗，言语冒犯就要请孙老板多多担待了。不管怎么说，他这身富贵全是从舅舅那儿来。所以不管无双多赖皮，他也只能好好爱她。这两天正为搬家的事闹矛盾，所以无双正在找茬打架。闹过这一阵就好了。孙老板说，这是怎么回事呢？王仙客说，是这样的：我知道宣阳坊里这座宅子空着，打听了价钱不贵，这儿邻居都是好人，所以要搬来。她却说，这儿人她都不认识，宁愿住西阳坊。孙兄，您替我想想，那是什么地方——

六

孙老板讲到这里，王安老爹一拍大腿说，别讲了！这里一个老大的破绽。这女人说，不认识这儿的人。可她怎么说认识我们哪？没说的，她是个骗子。老爹的独眼里放出光芒，手指头直打哆嗦，像中了风一样，嘴唇失去了控制，口水都流出来了。

当年老爹在衙门里当差，每到要打人屁股时，就是这个模样。挨打的人见他这个样子，顿时就吓得翻起白眼来。孙老板恭维他一句说，您老人家到底是老公安，一听就明白了。这个事该怎么办，还要请老爹拿主意。王安拿了个主意，大家一听就皱眉头。他说的是到衙门里告她诈骗，把她捉去一顿板子，打不出屎来算她眼儿紧。孙老板心说，没这么容易吧？罗老板心说，动不动就打人屁股，层次太低了吧？但是这两位都不说话，只有侯老板说出来了：这不成。你凭什么说她诈骗？就凭她认识你？要是这么告，也不知会把谁捉去打板子，更不知会把谁的屎打出来。老爹一听，顿时暴跳如雷：照你这么说，就没有王法，可以随便骗人了？侯老板听了不高兴，就说，我不和您抬杠，我回家了。侯老板回家以后，孙老板也走了。剩下两个人，更想不出办法来，只好也各回各家了。

以上这些情景，完全都在王仙客的意料之中。这是因为在酉阳坊里，彩萍给他讲过很多事，其中就包括宣阳坊诸君子的为人。有关孙老板，她是这样说的：这家伙视钱如命。假如你在钱的事上得罪了他，他准要记你一辈子。唐朝没有会计学，所有的账本都是一塌糊涂。所以所有的账，都是这么记着的。

王仙客搬到宣阳坊半个月，房上的兔子已经非常少了。偶尔还能看见一只，总是蹲在房顶上最高的地方一动不动，就像白天的猫头鹰一样。那些兔子的危险来自天上，但是它们老往地下看。王仙客觉得它们是在想，地下是多么的安全，到处是可以躲藏的洞穴、树棵子、草丛。我们都知道，兔子这种东西是不喜欢登高的，更不喜欢暴露在众目睽睽之下。但是这种不喜欢登高的动物却到了高处，所以它们的心里一定在想：这就是命运吧？

我表哥对我说，每个人一辈子必有一件事是他一生的主题。比方说王仙客吧，他一生的主题就是寻找无双，因为他活着时在寻找无双，到死时还要说：现在我才知道，原来我是为寻找无双而生的。我在乡下时赶上了学大寨，听老乡说过：咱们活着就是为了受这份罪。我替他们想了想，觉得也算符合事实。我们院有位老先生，老在公共厕所被人逮住。他告诉我说，他活着就是为了搞同性恋。这些话的意思就是说，当他们没出世时，就注定了要找无双，受罪，当同性恋者。但是事情并不是那么绝对。王仙客找不到无双时，就会去调查鱼玄机。老乡们受完了罪，也回到热炕头上搂搂老婆。我们院里的老先生也结了婚，有两个孩子。这说明除了主题，还有副题。后来我问我表哥，什么是他一生的主题，什么是他的副题。他告诉我说：主题是考不上大学。他生出来就是为了考不上大学。没有副题。鱼玄机在临终时骂起人来，这样很不雅。但是假设有人用绳子勒你脖子，你会有何感触呢？是什么就说什么，是一件需要极大勇气的事；但是假定你生来就很乖，后来又当了模范犯人，你会说什么呢？我们经常感到有一些话早该有人讲出来，但始终不见有人讲。我想，这大概是因为少了一个合适的人去受三绞毙命之刑吧。

第七章

一

王仙客和彩萍在宣阳坊找无双，我认为宣阳坊是个古怪地方，这里的事情谁都说不太准，就好像爱丽丝漫游奇境，谁知走到下一步会出什么事。但是王仙客不这样想。王仙客觉得一切都有成竹在胸。他住进宣阳坊那座大宅子里，觉得日子过得飞快。寻找无双的过程，就像蚂蚁通过迷宫。开头时，仿佛有很多的岔路，每一条路都是艰巨的选择。首先，他要确定自己是不是醒着，其次要确定无双是不是存在，最后则是决定到哪里找无双。现在这些问题都解决了，只剩下了最后一个问题：无双到哪儿去了。王仙客觉得自己在冥冥中带着加速度冲向这个谜底，现在就像读一本漏了底的推理小说一样索然无味。除了一些细节，再没有什么能引起王仙客的兴趣。这些细节是这样的：找到了无双以后，她是大叫一声猛扑过来呢，还是就地盘腿坐下来抹眼泪；她会怎样地对待彩萍；她愿不愿意再回宣阳坊来住；等等。这些细节背后都没有了不得的难题。无双过去头脑相当简单，除了染绿了头发戏耍罗老板，吊吊老爹的膀子，在孙老板的客栈里落下几件东西再去要回来，简直就想不出什么新花样来。

这种感觉和我相通。我没结婚时也觉得日子过得很慢，仿佛有无穷无尽的时间；而现在觉得自己在向老年和死亡俯冲。以前还有时间过得更慢，甚至是很难熬的时候。比方说十七岁时，坐在数学竞赛的考场里，我对着五道古怪的题目，屏住了呼吸就像便秘，慢慢写下了五个古怪的解，正如拉出了五橛坚硬无比的屎一样。当时的时钟仿佛是不走了。现在再没有什么念头是如此缓慢地通过思索的直肠，而时钟也像大便通畅一样地快了。当你无休无止地想一件事时，时间也就无休无止地延长。这两件事是如此的相辅相成，叫人总忘不了冥冥中似有天意那句老话。

过去我以为，我们和奸党的区别就在于时钟的速度上。以前我度过了几千个思索的不眠之夜，每一夜都有一百年那么长，但是我的头发还没有白。可是奸党们却老爱这么说：时间真快呀，一晃就老了！但是现在我就不这么看了，因为现在我看起电视连续剧来，五六十集一晃就过去了。假如不推翻以前的看法，就得承认自己也是奸党了。

彩萍告诉王仙客无双耍过的把戏。无双总是这样讲的：去耍耍他们去。然后就把头发染绿跑出去了。假如这些事传到她妈耳朵里，就要受罚了。但是最叫人不能理解的是，无双惹的祸，却让彩萍受罚：大热天在太阳地里跪搓板，或者被吊在柴房里的梁上。这时候无双就跑来假惺惺地装好人。在前一种情况下，她说：我去给你端碗绿豆汤来！在后一种情况下，她说：要尿尿吗？我去给你端尿盆，拉屎我就不管了。彩萍说，跟着她可算倒了大霉了。被吊在房梁上时，她不肯接受无双的尿盆，而是像钟摆一样摇摇摆摆，飞起腿来踢她，嘴里大骂道：小婊子你害死我啦，手腕都要吊断了！我都要疼死了，你倒好受啊？但是她总踢不到无双，因为无双早就发现了，当人被吊在房梁上某一定点上时，脚能够踢到的是房内空中的一个球面，该球以吊绳子的地方为球心，绳子长度加被吊人身体的长度是该球的半径。只要你退到房角里坐下就安全了。为此无双是带着小板凳来访问彩萍的。她退到房角坐下来，说道：不要光说我害了你，你也为我想想，当小姐是好受的吗？这句问话是如下事实的概括：当一个名门闺秀，要受到种种残酷的训练，其难度不下于想中武状元的人要受的训练。比方说，每天早上盛装在闺房里笔直地坐五个小时，一声不吭一动不动，让洞里的耗子都能放心大胆地跑出来游戏。与此同时，还要吃上一肚子炒黄豆，喝几大杯凉水来练习憋屁。要做一个名门闺秀，就要有强健的肛门括约肌。长安城里的大家闺秀都能在那个部位咬碎一个胡桃，因此她们也不需要胡桃夹子了。想到了这些，彩萍觉得无双每隔一段时间就要狂性发作出去捣乱是可以理解的；自己因此被吊到房梁上也没什么可抱怨的啦。

后来彩萍就安静下来，像一个受难的圣徒一样把全身伸直，把头向前低下去，披散的头发就像一道瀑布从脸前垂下去。无双站起来说道，彩萍，你现在的样子很好看。你就这样不要动，我去叫表哥！说完她就跑了。

这件事情王仙客也记得，他来的时候看见彩萍被吊在半明不暗的柴房里，白衣如雪，乌发似漆，身上的线条很流畅，整个景象就如一幅水墨画。长安城里可以买到这样的画，三十块钱一张，是套版水印的，印在宣纸上。但是画面上的人不是彩萍，而是鱼玄机。她说了想死时好看一点之后，牢子们就把她用驴鸡巴棒撵出小号来，用井水冲了几遍，吊到天井里的亭子里啦。那些人说，在小号里蜷了这么多日子，人也蜷蜷了，吊一吊是为你好。而鱼玄机听了这样的话，只是低下了头，一声也不吭。狱卒们见她不说话，又说道：关了这么多日子，光吊着恐怕不够。我们有拷问床，一头牵手一头牵脚，连天生的驼背都能拉直。就是拉直时那一百二十分贝的尖叫叫人受不了。这些话迫使鱼玄机抬起头来说：我吊着就很好，不麻烦大叔们了。谢谢各位大叔。听了这些话，有几个牢头转身就跑，跑回房子里去狂笑。笑完了又出来。这是因为还有很多事要干。当时长安城里的人都知道这位风流道姑就要伏法了，所以都想看看她。大家在大牢门口买了一块钱一张的门票，然后排成长龙，鱼贯经过很多甬道、走廊，最后转到天井里看一眼鱼玄机，然后再转出去；所有监狱的工作人员都有维持秩序之责，不能光顾自己笑呀。就在那一天，有一位画家买到了天井里一个座位，在那里画下了这张传世之作。无须乎说，他因此发大财了。

王仙客还记得他和无双、彩萍一起到孙老板那儿住客栈的事。这些事的起因是无双要知道干那件事疼不疼，所以要拿彩萍做试验。试验的地点在家里多有不便，所以就常去孙老板的店里开房间。就是干这种事的时候，她也忘不了要耍孙老板，经常丢东落西让孙老板捡到，于是他就又惊又喜；然后她又跑来把它们要回去，于是他又如丧考妣。不管这种把戏耍了多少遍，孙老板还是要又惊又喜和如丧考妣。所以无双就说：我现在明白了，原来人这种东西，和猪完全一样，是天生一点记性都没有的呀！假如是在两年以前，我就会完全同意无双的意见。但是现在就不能百分之百同意了。有关人们的记性，我不能说什么，但是一定要为猪们辩护。在我还是小神经时，有一回借了一套弗洛伊德全集，仔细地读了一遍。弗先生有个说法，假如人生活在一种不能抗拒的痛苦中，就会把这种痛苦看做幸福。假如你是一只猪，生活在暗无天日的猪圈里，就会把在猪圈里吃猪食看做极大的幸福，因此忘掉早晚要挨一刀。所以猪的记性是被逼成这样子的，不能说是天生的不好。

二

现在我们要谈谈宣阳坊其他地方发生的事。孙老板进空宅子去了一回，看到里面的房子、花园、走廊都很熟悉，他又觉得彩萍的言语做派看上去都很面熟。这一切仿佛是一个很大的启示，因此他觉得自己将要有很伟大的发现。有了这种感觉之后，他就对无双这个名字感起兴趣来，把它一连念了二十遍，这个名字就不再是陌生空虚的，而是逐渐和某人联系起来了。据我所知，此时王安老爹、罗老板、侯老板也在喃喃地念着无双，然后就把她想起来了。假如你是他们中的一员，就会觉得这是很自然的事；如果你不是他们中的一员，就会觉得这很难理解。不管觉得某事很自然，还是觉得难理解，都是感觉领域里的事。在事实的领域这两回事是一回事，就是不知道是为什么，他们会如此一致。我还记得一件类似的事：在山西时，有一阵我养了二十只鸡，后来在一天早上它们一起发了瘟死掉了，死之前还一起扑动翅膀，我还以为是它们集体撒癔症哪。所以像这样一致的事，就算在人间少有例证，在动物界起码是无独有偶。

不管是为了什么，宣阳坊里的诸君子一起想起了的确有一个无双，是个坏得出了奇的圆脸小姑娘。夏天穿土耳其式的短裤，喜欢拿弹弓打人，等等，这一切都和王仙客说过的一样。他们都认识她，并且知道现在这个绿毛婊子绝不是她。但是这一切怎么向王仙客解释呢？你怎么解释当王仙客没有住进宣阳坊中间的院子、身边没有无双时，我们就不记得有个无双；等到他住进了这个院子、身边又有了一个无双时，我们又想起以前有个无双了呢？

后来孙老板想道，不管王仙客怎么想，这个绿毛妖怪是另外一个人。具体地说，她是无双的那个侍女彩萍。以前她到客栈里开房间，和王仙客干不可告人的事，干的时候还不停地叫唤：王相公，疼！王相公，疼！王相公，疼！王相公，疼！王相公，现在不疼了。喊的声音很大，在楼下都能听见。既然她是彩萍，就不会是无双。他想，这件事无论如何必须告诉王仙客。但是怎么告诉他，必须好好想想。最简单的办法是直接告诉他：你那个无双不是真的。不管你信也好，不信也罢，我说的是实话。这样讲的结果必然是招来王仙客一阵白眼：不对呀，你不是说我是鱼玄机的老相好吗，我怎么又成了无双的相好了？孙老板只好说，别信我的，我撒谎哪。这就近于著名的罗素悖论了。罗素说，假如有个人说，我说的话全是假话，那你就不知拿他怎么办好了：假如你相信他这句话，就是把他当成好人，但他分明是个骗子。假如你不相信他的话，把他当骗子，但是哪有骗子说自己是骗子的？你又只好当他是好人了。罗素他老人家建议我们出门要带手枪，见到这种人就一枪打死他。

我们还知道宣阳坊里的罗老板是个读书人，十分聪明。他很快也想到了这个绿毛的女孩子是谁。这是因为他想起有一回看到了真无双和彩萍一道出来逛大街，偶尔想到这两个女孩子都挺漂亮的。由此又想到，假如把她们都弄来当老婆很不错。这个念头是以虚拟语气想到的，所以现在回想起来也不内疚。以这段回忆为线索，他就想到了假无双是谁。但是罗老板并不以此为满足，还想想出那真无双到哪里去了。想来想去想不明白，于是他也怀疑起自己的脑子来了。于是他决定开一个立方来验证自己是否糊涂，到了后院里，捡起一根烧焦了头的柴火棒，用八卦的方法来开四的立方。先是在脚下画了个小八卦，然后绕着小八卦又画大八卦，就如一石激起千层浪，一圈又一圈的，很快就把院子画满了；而他自己站在院子的中心，活像个蜘蛛精。我知道四的立方根也是无理数，永远开不尽的，八卦又比麦克劳林级数占地方，要是按罗老板的画法，越画越占地方。这样下去，后果不堪设想。但是罗老板比王仙客可要聪明百倍，画了几圈就不画了。他站在院子中央看着一地的八卦，先是赞美祖宗的智慧，后是赞美自己会画八卦，后来就把要开四的立方这件事给忘了。随后又把真无双假无双的事也给忘了。最后把自己还要接着画八卦的事也忘了。于是他洗了洗手，回屋去吃午饭了。

与此同时，王安老爹正去找侯老板商量，要和他一道去揭发假无双。虽然为这件事侯老板已经抢白过王安老爹，但是老爹知道他心直口快，不像孙罗两位那样奸，是个可以倚赖的人。但是不知为什么，侯老板却像开水烫过的菠菜一样蔫掉了。老爹要他一道去找王仙客，侯老板听了既不说去，也不说不去，只顾瞪直了眼睛往前看。当时他正趴在柜台上，那姿势就如一条大狗人立起来，前腿上了屠夫的肉案；或是一只猫耸起了肩膀，要搔后心上的痒痒；或是一个小孩看着一支鼻梁上的铅笔，要把自己改造成对眼一样。侯老板的下半身就像那条狗，上半身就像那只猫，脸就像那个孩子。老爹问他去不去，一连问了三遍，侯老板都不答话。问到第四遍，侯老板就皱着眉头说：要去你自己去！说完居然就扭过头进里屋去了。老爹气得要发疯，决心这个月一定要找个茬，收他三倍的卫生捐。

三

王安老爹说过，自打创世之初，世界上就有奸党，有我们；但是还有一种人他忘了说，就是地头蛇。地头蛇就是老爹这种角色，在坊里收收卫生捐、门牌钱、淘井钱。有时候他能起到意料不到的作用，比方说，找个茬不让垃圾车进坊门，这时候宣阳坊就要垃圾成山；不让掏粪的进坊，家家户户立刻水漫金山。但是这种作用达不到深宅大院里面。像王仙客这种住户，家里有自备的粪车、垃圾车、运水车，都有宣阳坊的牌照，门牌捐牌照捐都预交了一百年。别人管不了他。但是像这样的住户也都会买老爹的面子，恐怕有一天会求到他。有了这个把握，他就去找王仙客，信心十足地告诉他，这个无双是假的，样子就不对头。王仙客听了以后，大笑了一阵说：这个样子的是假的，什么样的是真的呢？这老爹就答不上来了。他只好说：我说假就假。我这么大岁数了，不定哪天就会死，还骗人干吗？王仙客微微一笑，答道：老爹，吃橘子不吃？老爹说：待会儿再吃。我们现在要谈的是尊夫人是个骗子。王仙客就说：好，好，是个骗子。老爹，喝口茶吧。老爹说：既然知道她是骗子，就该送她到衙门里打板子。王仙客忽然正色说道：老爹，你恐怕是误会了。就凭你说的事，怎么能说我表妹是骗子呢？当然了，您老人家警惕性高，这个我理解。干的这份工作嘛。不过有时候真叫人受不了。我刚来时，你不是差点以为我是骗子，要没收我的文件吗？我可不是不相信您这个人。但是我更信证据。要是您能证明她是骗子，我一定送她去打板子。打坏了不就是掏点医疗费吗？就是把屁股打没了，要装金屁股，咱也掏得起。可是好好的没事，我花这份钱干吗？老爹就是块木头，也能听出王仙客在暗示他要敲诈勒索，但是王仙客不吃这套。于是他涨红着脸，站起来说，既然王相公这样想，我就告辞了。王仙客把他送出了大门，一路上一直在说：我这张臭嘴就像屁眼，讲出话来特别不中听，您老人家可千万千万别见怪呀！但是老爹出了王仙客的门，走到了估计他听不到的地方，还是跺着脚大骂道：王仙客小杂种，你这就叫狗眼看人低呀！

我们说过中午王安去约侯老板揭发假无双，侯老板没吭声。当时他正在想事，这件事发生在三年前，和无双没关系，和彩萍没关系，和王仙客更没有关系，不知为什么就想了起来。这件事是这样的：驻在凤翔州的军队，大概有一个军的样子，说是他们有五年多没关饷了，就忽然造起反来，一夜之间就杀到了长安城下。像这样的事罗老板就想不起来，就是想了起来，马上也会忘掉。因为夫子曰，吾日三省吾身。想起了什么不对的怎么办？还能给自己个大嘴巴吗？当然是快点把它忘了。侯老板想起这种事，是因为他没文化。像这种事，王安老爹也想不起来，别人想起来，他也不信会有这种事：造反？谁造反？他不怕王法吗？侯老板想这种事，是因为他不忠诚。像这种事，孙老板也想不起来，他会说，谁给你钱了，你想这种事？所以侯老板想起了这件事，是因为他是个大傻帽。侯老板不但想起了有人造反，而且想起，那些反贼还攻进了长安城。那些家伙不杀人不放火，直奔国库，把那儿抢了个精光，然后就呼啸而去，朝西面去了。整个过程就像暴徒抢银行，来得快，去得也快；据说这帮家伙后来逃到了波斯地界，就割掉包皮，发誓这辈子绝不吃猪肉，改信伊斯兰教，到德黑兰去做起富家翁来了。

彩萍对王仙客说，侯老板是个好人。这是出于他们俩的立场。现在我又说他是个笨蛋，这是出于宣阳坊内诸君子的立场。这两种立场是对立的。在这两种立场中，我们本应取中立的态度，以示尊重古人。但是我也要申明自己的观点：我站在王仙客一方，把他看做我们，把王安、孙老板、罗老板看做是奸党。

侯老板其实不是我们的人，可是那天他的脑子岔了气，开始像我们一样地想事情，就想起了上面那些事。像这种事情也是常有的，比方说，医院不让我们结婚，小孙又说要和我吹时，我有一阵子心情很不好，就读了半本托尔斯泰的《复活》，一面看一面想把自己阉掉，当时就是岔了气了。侯老板想起了乱军攻城时，朝廷、羽林军、政府机关等等都跑掉了，等到乱军退走后又回来。皇帝跑到了国库里一看，什么都没给他剩下，心马上就碎了。他不说叛军太坏（叛军都跑了，追不上了），也不说羽林军无能（羽林军也有一年多没关饷了），更不说自己图省钱，不给军队关饷有什么不对。他老人家发了一股邪火，一口咬定长安城里的市民附逆，要好好修理修理。所以他派出大队的军队，把长安七十二坊全封锁了。乱军入城时没有跑出去的人全被关在里面不准出来，就像现在我们犯了错误就会被隔离审查，听候处理一样。

那一年叛军逃走后，长安正是七月流火，天气很热。坊门关上以后，想到外面大路上乘凉也不可能了。外面的粮食柴草进不来，里面的垃圾粪便出不去，坊里的情形就很坏了。更糟糕的是皇上动了圣怒，要把七十二坊坊坊洗荡，男的砍头，女的为奴，家产变卖充实国库；正在西阳坊里试点，准备取得经验在全城推广。原计划是让西阳坊里的男人出东门去砍头，女人出西门为娼，家产就放在家里，让政府官员从南门进去清点。但是西阳坊里的人却不肯干。男人不肯出东门，女人不肯出西门，都缩在坊里不出来，还把坊门也堵上了。皇上大怒，下令攻占西阳坊。开头是让战车去攻下坊门，于是出动了二十辆吕公车，那是一种木头履带的人力坦克车，由二十个人摇动。从城门进来，走到半路全都坏了，没有一辆能继续前进。然后又出动了空降兵，那是用抛射机把士兵抛上天空，让他们张开油纸伞徐徐降落。谁知长年不用，油纸伞都坏了，没一把能张开的。那些兵飞到了天上却张不开伞，只好破口大骂，掉到西阳坊里，一个个摔得稀烂。后来又派工兵去挖地道，谁知城里地下水位很高，挖了三尺深就见了水。工兵们一面挖坑，一面淘水，结果造成了地面塌陷。最后塌成半里方圆一个漏斗口，周围的房屋、墙壁、人马、车辆全顺着漏斗掉进来了。尽管遇到了这些阻碍，军队最后终于攻进了西阳坊，把男人都杀光了，把女人都强奸了，把财产都抢到了。他们把战利品集中起来，请皇帝去看。皇帝看了大失所望：没有金银器，有几样铜器，也被马蹄子踩得稀烂。最多的是木器家具，堆成了一座小山，但是全摔坏了，只能当柴火卖。但又不是打成捆的枣木柴、榆木柴，只能按立方卖，一立方丈几分钱，这座小山就值五六块钱。还有一些女孩子，经过大兵蹂躏之后，不但样子很难看，而且神经都失常了，个个呆头呆脑。指挥官还报告说，酉阳坊里暴徒特多，其中不乏双手持弩飞檐走壁的家伙。攻坊部队遇到了很大伤亡，但是战士们很勇敢。有很多人负伤多次，还是不下火线。其实伤亡除了摔死的空降兵之外，就是进坊时有些小孩子爬到房上扔石头，打破了一些兵的脑袋；另外酉阳坊里的人不分男女，都像挨杀的猪一样叫唤，把一些兵的耳朵吵聋了。皇帝听说了和见到了这种情况，觉得把长安七十二坊都洗荡一遍不划算。他就下了一道圣旨：其余七十一坊，只要交出占人口总数百分之五的附逆分子，就准许他们投降。但是官员不按此百分比计算。凡是城陷时身在城内的官员，有一个算一个，都是附逆分子。

四

长安城里叛军攻城和后来清查附逆人员的事都是我表哥告诉我的，正史上没有记载，当时的人也不知道。假如你到清朝初年去问一个旗人，什么叫扬州十日，什么叫嘉定三屠，他一定会热心向你解释：有一年扬州城里气象特异，天上出了十个太阳，引得大家都出来看；又有一年嘉定城里的人一起馋肉，先把鸡全杀了，又把羊全杀了，最后把猪全杀了，都放进一口大锅里煮熟，大家吃得要撑死。我们医院进了一台日本仪器，来了个日本技师，每天都不到食堂吃饭，坐在仪器前吃便当，大家同行，混得很熟了。有一天我问他，知道南京大屠杀吗。他把小眼镜摘下来擦了擦，又戴上说：南京是贵国江苏省省会嘛。别的就不知道了。当时我就想骂他，后来一想：咱们自己人不长记性的事也是有的，骂人家干吗。

我表哥还说，人都不爱记这种事。因为记着这种事，等于记着自己是个艾思豪。我想了想，我们俩都认识的人里没有姓艾的。后来才想道：他说的是英文 asshole。表哥这话说得有点绝对，我就知道一个例外。上礼拜有个老外专家要到我们仪修组来看看，书记拦着门不让进，要等我们把里面收拾干净才让他进来。该老外在外面直着嗓子喊：I feel like an asshole！这不是就记起来了吗？他喊这种话，是因为无论到哪里去，总有人挡着，包括想到厕所去放尿。但是不记得自己姓艾的人还是很多的，表哥自己就是一个。比方说，小时候我们俩商量要做个放大机放大相片，找不到合适的东西做机箱，他就去捡了个旧尿盆来。从形状说，那东西很合适，但是我认为它太恶心，不肯用。可是表哥却说，将来一上黑漆，谁也看不出来。我也说不过他，我们俩就藏着躲着把那东西带到了他家去啦，在他房间里给它加热，准备焊起来。你要知道，我们没有焊钣金的大烙铁，焊这种东西都是先在电炉上烤着焊，但是忽略了尿盆内壁上还附有两个铜板厚的陈年老尿碱，加热到了临界点以上，那种碱就一齐升华。当时的情景是这样的：该尿盆里好像炸了个烟雾弹，喷出了猛烈的黄烟。不但熏得我们俩夹屁而逃，而且熏得从一楼到六楼的人一起咳嗽。表哥倒是记得这件事，但是他却记得主张焊尿盆的人是我。他还说，我不记得这事是因为我姓艾。其实那个姓艾的分明是他。

王仙客住在宣阳坊，布下了疑阵，等待别人自己上门告诉他无双的事。等了半个月，只来了一个老爹。老爹只说彩萍是假无双，却没说出谁是真无双。王仙客对老爹原来就没抱很大期望，因此也没很失望。叫他失望的是侯老板老不来。他和彩萍说过，假如王安老爹有一只四脚蛇的智慧，侯老板就该有个猴子的智慧；假如老爹的记性达到了结绳记事的水平，侯老板就有画八卦的水准。无双到哪里去了，十之八九要靠侯老板说出来。但是侯老板偏偏老不来，王仙客按捺不住了，派彩萍前去打探。彩萍就穿上土耳其短装，到侯老板店里去买头油。侯老板的店里卖上好的桂花油，油里不但泡了桂花、檀香木屑，还有研细的硝酸银。我们知道，银盐是一种感光材料。所以侯老板的头油抹在了头上被太阳越晒，就越是黑油油的好看。彩萍到了侯老板的店里，学着无双的下流口吻说道：侯老板，你的油瓶怎么是棕玻璃？是不是半瓶油、半瓶茶水？要是平时，侯老板准要急了，瞪着眼说道：不放在棕瓶里，跑了光，变得像酱油，你买呀？但是那一天他神情暗淡，面容憔悴，说道：你爱买，就买。不爱买，就玩你的去。别在这里起腻。彩萍一听他这样讲，心里就没了底。她又换了一招，问道：侯大叔，你卖不卖印度神油？要是平时，他不火才怪哪：我们是正经铺子，不卖那种下流东西！但是那天他一声也没吭，只是白了彩萍一眼，就回里间屋去。彩萍见了这种模样，觉得大事不好了。她跑回家里去，报告王仙客，侯老板把她识破了。王仙客一听见是这样，连夜去找侯老板面谈。去的时候穿了一件黑袍子，戴了风帽，自己打了个灯笼，没有一个仆人跟随，但是宣阳坊里房挨房，人挤人，所以还是叫别人看见了。

第二天一早，王安老爹、孙老板、罗老板就一起到侯老板店里来。他们三位当然是气势汹汹，想问问侯老板和王仙客做了什么交易，得了他多少钱，等等。但是他们发现侯老板精神振作，一扫昨天下午的萎靡之态。他坦然承认了，昨夜里王仙客曾深夜来访，他和王仙客谈了整整四个小时，天亮时王仙客才走的。他还说，王仙客告诉他说，你跟我说了这么多，别人必然要起疑，不如到我家里去避一避。但是侯老板又说，没讲别人的坏话，又没泄露了别人的隐私，我避什么？而那三位君子却想：你要是没讲我们坏话，没泄露我们隐私才怪哪。要不然王仙客怎会叫你去避一避？

侯老板说，他们整整一夜都在谈三年前官兵围坊的事。孙老板和罗老板听了以后，脸色就往下一沉，大概是想起来了。只有王安老爹说：侯老板，你别打哑谜好不好？什么官兵围坊，围了哪个坊？官兵和老百姓心连心，他们围我们干什么？今天你要是不讲清楚，我跟你没完！此时连孙老板罗老板都觉得老爹太鲁钝，就和侯老板道了别，回家去了。王安发现手下没有人了，就有点心慌。而侯老板却说道：老爹，您坐着喝点茶吧。我要去忙生意了。老爹气急败坏，说了一句：你忙你忙！忙你娘的个腿呀！也回家去了。

有关侯老板的事，我还有如下补充：他脑子里岔气的时间，也就是一夜加上一早晨。到了中午十点钟，那口气就正了过来，觉得这事情不对了。所以他就跑到他姑妈家躲了起来，还嘱咐老婆道：不管谁来问，就说我到城外走亲戚了。城外什么地方、哪位亲戚都不交代。所以老爹后来想找他，就没法找。等到他回来时，早把这些事忘了。听说老爹找他，也不害怕，就去问老爹，你找我干吗？老爹说：我找你了吗？没有找哇。所有的事情就这样过去了。

王仙客去宣阳坊找无双，自己装成了大富翁，并把彩萍打扮得奇形怪状。这就好比我知道这次分房子没有我，就剃个大秃头，穿上旗袍出席分房会。这样也可能找到无双，也可能找不到；也可能分到了房子,也可能分不到。不管怎么说,假如事情没了指望,就可以胡搅它一下,没准搅出个指望来。王仙客的举动堪称天才,我的举动就不值这么高的评价,因为我抄袭了医学的故智。在我们医院里,假如有人死掉,心脏不跳了,就用电流刺激他的心脏。这样他可能活过来,于是刺激就收到了起死回生之效;当然他也可能继续死去,这也没什么,顶多把死因从病死改做电死。王仙客在法拉第之前就知道用强刺激法去治别人的记性,实在是全体王姓一族的光荣。

第八章

一

王仙客到宣阳坊来找无双，宣阳坊是孙老板住的地方。这位老板开客栈，谁都知道酒楼业有学问，所以他当然不像王安老爹那么笨。听见侯老板讲到官兵围坊，心里就是一慌，觉得该好好想想。不管是什么事，都该想明白了。假如想错了，忘了就是了。要是不想，有时就会吃大亏。比方说，忘了一笔账，就先要想清楚。要是人家欠他，就记着去要，要是自己欠人家，忘了就是了。孙老板认为有三件事是必须避人的：性交，大小便，思想。第一件事不避人，就会被人视为淫荡。第二件事不避人，就会被人看做没教养。最后这一件不避人，就会被人看做奸诈，引起别人的提防。所以他跑回家里来，关上门，堵上窗，在黑暗里想了半天，然后得出结论说，是有官军围坊那么一回事；时间、事由和我表哥告诉我的差不多。但是我表哥是从野史上看来的，孙老板是自己看见的，讲起来就有视角的不同。他待在宣阳坊内，当时急得就像热锅上的蚂蚁，隔一会儿就上坊墙去看看。我们知道，长安城里的坊墙和城墙很像，就是矮一点，窄一点，没有城楼，其他方面是差不多的。最主要的是墙上都可以站人。在坊墙上可以看到，大队的军队从城外开来，占领了坊间的中间地带。可以看到那些吕公车往城里开，开着开着忽然散了架子，变成了一地木板子，里面的兵摔了出来，就像散了串的珠子。还可以看到步兵也往城里开，排成五十乘二十的千人方阵。开头是默不作声，冷不防就大喊起来了：一，二，三，四！吓得人心里怦怦地跳。然后又默不作声地走。孙老板想，待会儿准要喊五六七八。谁知还是喊一二三四。孙老板又想，原来识数就识到四。还可以看到大队的骑兵也往城里开，有骑马的，有骑骆驼的。有些骆驼正在发情，走着走着就发了疯，把队伍冲得乱七八糟。他还看见了空降兵朝城里空降，但是他缺少军事知识，以为这是政府的炮兵缺少了炮弹，拿人来当代用品。那些兵弹到了抛物线顶端有一个短暂的停顿，那时在天上乱蹬腿，好像在跑步；而且都要高声呐喊。北方兵高叫操你妈，广东兵高叫丢老妈，江浙兵高叫娘希屁，福建兵就叫干伊娘呀；然后就一个个掉下去了。看到了这种情景，孙老板感到朝廷方面决心很大，长安城里的市民这回凶多吉少了。

孙老板现在想起这件事还感到心有余悸。不是悸朝廷要杀他们，而是悸自己到了挨杀时的心情。当时心里有一窝小耗子，百爪挠心。上小学就受的忠君爱国的教育，什么君叫臣死臣一定死、忠臣不怕死等等，一下子全忘了。坊里有一些亡命徒成立了自卫队，想要抗拒天兵，孙老板还跑去出主意。大家都把睡觉的床拆了，削木为弓，妇女们捐出了长发做弓弦。坊门里面掘下了陷坑，里面灌满了大粪（这是孙老板的主意，他说，谁要杀我们，先叫他们吃点粪），坊墙上堆满了砖头瓦块，假如大兵来爬坊墙就砸他们。家家户户都把铁器送到铁匠那里去打造兵器，连老爹也把多余的铁尺送去了。当时宣阳坊里，精壮者持刀矛，老弱者持木棍，女人戴上了铁裤裆，手里拿着剪子，人人决心死战到底。假如官军攻了进来，还有放火的计划，大伙一块做烤全羊吧。但是万幸，这些事没有发生。朝廷下了旨意，叫每坊交出百分之五的附逆分子，然后就算无事。坊里的人赶快填平陷坑，扔下了木棍，解下铁裤裆，把那些自卫队交上去了。

后来那些交上去的人都在坊中心的空场上被处死了。因为都是大逆不道的重犯，所以都是车裂之刑，八匹马分两组对着拉。前后车了五百多人，渐渐就车出学问来了。开头是用两辆木轮子大车，把犯人横拴在车后沿上。你知道吗，木轮车本身就够沉的，车了十几个，就把马累坏了。后来就把车去了，换了两个木杠子，把人横拴到杠上，让马来拉。但是这样也太费工。最后终于有了好办法，在地下打了一个桩子，把要车的人双腿拴在桩上，另用一根大绳拴住他的手，用八匹马竖着拉。这回就快多了。这里面有很大的学问，要把一个人横着拉开，那就是一个好大的横截面，里面又是肩甲，又是骨盆，好多硬东西。竖着拉就轻松多了，截面细了三分之二不说，里面就是一根脊椎骨，其他都是软的啦。孙老板和所有不被车的人全在一边看着。每车一个，都有一个官员来问一声：看到了吗？

大伙齐声答道：看见了！

你们还敢造反吗？

不敢了！

再造反怎样？

和他们一样！

车了那么多人，能没有自己的亲朋好友吗？这个就不敢想了。何况说我们造反，根本就是扯淡。叛军啥样子，孙老板根本就没看见。当然，这么想是不应该的。想起这件事原本就不该。但是既然想了起来，就想个痛快，然后再忘不迟——孙老板就想道：这个狗操的皇帝，真他妈的逼的混蛋！

孙老板还记得车裂人的情形是这样的，被裂的人被捆好放到地上，这时还是蛮正常的。等到马一拉，就开始变细长了。忽然肚子那地方瘪了下去，然后噗的一声响，肚皮裂了两截，就像散了线轴，肠子就从那里漏出来。就听马蹄子一阵乱响，八匹马和那人的上半截，连带着一声惨叫就全不见了。只留下拉细的肠子像一道红线——这情景与放风筝有点像。那一天空场中间的木桩子边上堆满了人的下半截，上半截被拉得全坊到处都是，好在还有肠子连着，不会搞错，收尸时顺着肠子找就是了。掌刑的骑在最后一匹马上，等马队闯了出去，那人就从马上下来，把被裂的人从马上解下来。那时该人还没断气哪。两个人往往还要聊几句：

怎么，回去呀？

是呀，活忙。

那就回见。

回见，回见。

从车裂人这件事上，可以看出我们的祖先的智谋深湛。十八世纪有个欧洲人，想要验证大气的压力有多大。他做了两个黄铜空心半球，对在一起，把里面抽了真空，用八匹马对着拉，刚刚能拉开。这个实验是在马德堡做的，叫做马德堡半球实验。马德堡半球的结论是,大气的压力有八匹马拉力那么大。这个结论错了。亏了那些欧洲人还有脸把它写进了物理史。假如这实验拿到唐朝宣阳坊车裂人的现场去做，就会有正确的结论。我们的祖先会把半球的一端拴在木桩子上，另一端用四匹马拉，也能拉开，省下四匹马帮着车裂人，我们的马都要不行了。这就叫宣阳半球实验。宣阳半球实验的结论是大气的压力有四匹马的拉力大。这个结论就对了。

孙老板想起了宣阳坊里的这些事，就决定这件事最好不要让王仙客知道。这不是什么好事，知道的人越少越好。因为有了这重顾虑，彩萍这娘们冒充无双，就让她去冒充好了。他有一种很生动的思想方法，虽然我不这样想问题，但是我对它很了解。这就是说，凡是发生的事都是合理的，因此但凡不合理的事都没发生。这么想有时候会发生困难，到了有困难时，就用两害相权取其轻的原则来解决。比方说，宣阳坊里车裂了很多人，这件事很不合理，所以就不能让它发生。但是这件事没有发生，真假无双就搞不清，这也不合理。但是这是个小的不合理，就让它搞不清吧。该无双不清不楚，把她当真的就不合理。但是她又在大院子里吃香喝辣，作威作福。你乐意看到一个假无双在吃香喝辣，还是真的在那里吃香喝辣？当然乐意她是真的——所以就让她是真的好啦。这样倒来倒去，什么不合理的事都没了。

二

那一天在侯老板家里，罗老板听见说三年前官军围坊，心里也是一个激灵。他也跑回家，想起这件事来了。他没想起这件事的前半截，只想起了后半截。前半截的事太恐怖，太血腥，他不敢想。罗老板是个文人，想事都不脱斯文。他这样的人要写东西，准写什么《浮生六记》呀，《扬州梦》呀一类的文章，所谓哀而不怨，悲而不伤。用我表哥的话说，这种人顶多就长了一个卵，这个卵也只长了一半。但是一半也就够了，多了不但没用，而且会导致犯错误。

我们说了，孙老板想起了前一半的事。这事情我还没讲完哪。那一天宣阳坊里裂了那么多的人，那个桩子上拴得满满当当，好像一棵叉叉丫丫的罗汉松。从早上天刚蒙蒙亮就忙活，直到天黑透了才让回家。回家的路上看见小胡同里东一截西一截，躺着一些半截的人，真能把人吓死了。被裂的人里，孙老板还能想起几个人名来。当然，这些人都和他没有关系，有关系就想不起了。这其中就有老爹的兄弟王定。这王定也有七十多了，又没参加自卫队，裂他干吗呀？于是就想了起来，这老头在无双家当差。无双的爸爸是个很大的官。按照大唐法律，大官从逆，就要灭族。全家老小，男的杀，女的卖。别说是看门的了，连他家里的猫狗，都是公的杀，母的卖。那天晚上官府的刽子手干的最后两件事，就是把无双家里养的打鸣的大公鸡扯着腿一撕两半，然后挑了几只肥母鸡，象征性地交了几个钱，提回家去了。孙老板把这件事整个想了一遍，每件事都想明白之后，就得到一个现在的无双是真的结论。然后他就把想出这件事的过程全忘了，只记住这个结论。这和我的记忆方式完全相同。我现在能记得一切不定积分公式，不管你问哪个，只要半秒就可以写出来。如果你要过程，可就没这么快了。

现在我们应该谈到罗老板想起的事。罗老板是聪明人，他才不会想些血淋淋的事。男的杀，他一点也想不起来了。女的卖他倒记得。这件事也证明了我们的祖先智慧深湛。在畜牧学上有一条通则，就是雌性动物比之雄性有更大的饲养价值；比如母鸡比公鸡值钱，奶牛比公牛值钱。由畜牧推及人类，是中国人的大发明。我们国家古代的地方行政官，都叫某某牧（比方说，刘备当过新野牧，袁绍当过冀州牧），精通遗传学、畜牧学、饲养学等等。小孙在家里，也想当个王二牧，来牧我；我说咱们俩一公一母，谁牧谁都不对头。还是一块牧吧。

从畜牧的角度看，公的动物遗传价值高，母的动物饲养价值高。要使畜群品质优良，就要从控制公的入手，要使畜群数量增多，就要从控制母的入手。唐朝的人一旦看到人里面出了谋逆的恶种，就赶快把男的都杀掉。而现在的人计划生育，就要从女人入手。因此一到了计划生育宣传周，开完了大会，总有人高叫一声：育龄女同志留一下。小孙听了这话，总是要脸色煞白，右手颤抖，一副要打谁个大嘴巴的样子，因为管这个事的是郭老太太，最能唠叨，什么在家属区看到了小孩子拿避孕套当气球吹，说到国家生产这些东西，一年要花几个亿啦，国家财政很困难了，等等，都不知哪儿和哪儿。只有最后一句不离谱，就是这东西要物尽其用，一定要套在丈夫的阴茎上。小孙说，老娘上了六年的医学院，要是连这个都要你来教，还算人吗？上级计生委要是发下了人票（另一种叫法是生孩子的指标），要民主评议，那就是没完没了。她要生，她也要生，就不知道抓个阄。晚上她回了家就说：像这种会还要开到五十五岁，谁受得了。咱们离婚吧。离了婚还可以通奸嘛，增加点气氛；你放心好啦，我绝不出去乱搞——我也知道外面性病很厉害。但是我不同意离婚，因为我现在也是个头头了，要注意影响。要到了房子就离婚，人家会怎么说我？再说，你们会多，是你们的光荣。你们饲养价值高嘛。

罗老板想起三年前的事，是从遗传价值高的家伙都处理完了以后开始。在此以前的事，只模模糊糊想起个影子。现在你对他说起三年前官兵入城，他就会说：对，有那么回事。再说起宣阳坊里处死从逆人员，他也说，是，有这回事。但是你要是问他处死了谁，他就一个也答不出，这就叫想起了个影子。

杀人的事罗老板想起个影子，卖东西的事他可想了个活灵活现。头天杀过人以后，第二天抄无双的家。这时门前那些零零碎碎都打扫干净了，地上还垫了一层黄土，收拾得干干净净，就开始摆摊了。早上衙门里来了人，把好东西都挑走，然后把他们不要的东西也从院子里搬出来，封上院门。以后门前的空场上就热闹了，因为这里摆满了东西：成堆的板凳、桌椅、坛坛罐罐等等。

这些东西谁都用得着，因为刚刚闹过自卫队。桌椅板凳拿去做了兵器，坛坛罐罐也盛上了大粪，运到房顶上准备往下砸，所以不能用了。当然，也可以捡起来洗洗再用，但是多数都被别人捡走了。在此以后很短一段时间里，宣阳坊里的人们管长安兵乱、官兵入城、镇压从逆分子等等，叫做闹自卫队。我小时候，认识一个老头子，记得老佛爷闹义和团。正如我插队那个地方管“文化大革命”叫闹红卫兵。那个地方也有闹自卫队这个词，却是指一九三七年。当时听说日本人要来，当官的就都跑了。村里忽然冒出一伙人来，手里拿着大刀片，说他们要抗日，让村里出白面，给他们炸油条吃。等到日本人真来了，他们也跑了。据老乡们讲，时候不长，前后也就是半个月。这件事和宣阳坊里闹自卫队不但名称相仿，性质也相仿。我把这件事讲给日本技师听，他说：王二，你学问大大的有。但是不要再讲三七年的事了，我听了不舒服。还是讲唐朝比较好。

我自己也记得一些闹一级的事，比方说，五八年在学校操场上闹大炼钢铁。炼出的钢锭像牛屎，由锋利的碎锅片子粘合而成。我被钢锭划了一下，留下一个大伤疤。像这样的事历史上不记载，只存在于过来人的脑子中，属于个人的收藏品。等到我们都死了，这件事也就不存在了。

宣阳坊中心的空场上摆起摊来，拍卖抄家物资，全坊还活着的人都去了，和公家的人讲价钱。什么五文？十文！别扯淡了，仔细看货吧，等等。还有些东西是这么讲的：这多少钱？你给俩钱就拿走吧。给多少？随你便。那些东西卖得非常便宜。我要是说我去过抄家物资拍卖场，你准说我扯谎。其实我真去过。不过不是在唐朝宣阳坊，而是在七三年北京东四附近一个地方。名字叫抄家物资门市部，里面放了“文革”初期从黑帮们家里抢来的东西。开头是只接待中央首长的，等好东西挑得差不多了，小一点的首长也让去了。那里面的东西便宜得和白给一样。不管是谁办了这个抄家物资门市部，都是大损阴德，因为它害死人了。死者是我们医院一个老头，是“文化革命”前的院长。“文化革命”一来，当然，挨斗了。当然，抄家了。当然，老婆自杀了。后来恢复了工作，领导上爱他，给他一张门票，他就找我陪着去买套沙发，因为谁都知道我识货。进去以后，忽然看见了他自己家的家具，他就发了心肌梗塞，当场倒下没气了。这件事本来我可以用象征的手法写出——一个人，以为自己是活着的，走到我住过的地下室里看风景。忽然看见自己的整副下水全在一个标本缸里，就倒下去，第二次死去了——但是我觉得直接讲了比较好。

现在又该回头去讲罗老板，他在场子上转了几圈，买了把菜刀，买了一根擀面棍。转来转去，转到了卖无双的地方。其实那里不光是卖无双，还卖无双的妈，无双的姨娘，无双的奶妈；一共是四个。但是无双最显眼，她摆的地方高，坐在车裂人的木桩子顶上。

三

我们知道卖动物的规矩，卖鸡捆腿儿，卖骡马带缰绳，要是卖小松鼠、鸟儿一类的，就要连笼子一块卖。无双这种东西当然也是捆着卖了。那天下午，她就是被捆着摆到木桩子上的。那个木桩子露在地面上的部分有一丈多高，她穿着一身黑衣服坐在上面，头上戴了一朵白布花，赤着脚，脚腕子上被粗麻绳勒了一道，手背在后面，眼睛肿得像两个桃。就这个样子她还不老实，一个劲地东张西望。无双的妈在桩子底下，也是穿黑戴白花，嘴里还唠叨个没完：我们家没附逆！自卫队上门来要铁器，我们都一件没给！乱兵来时，老头子带着全家往外跑，要不是被人抢了马，我们就跑出去了！无双在桩子上说，妈，爹都叫人扯两半了，你还唠叨个啥！真叫人心烦死了！

有关这老太太唠叨的事，还有必要做一点补充。乱军来攻城时，皇上带领长安城里的羽林军、禁卫军、守城军、巡城军、驻防军等等，总之，一切军士，加上衙门里的捕快衙役、消防队员、监狱里的牢头禁子、各坊的更夫等等，总之，一切有武装有组织的人员出城迎战。但是搞错了方向，乱军从西面来，他却到东面去迎，所以越迎越远。乱军攻进长安时，他却到了山西太原。当然，像这样迎也能迎上。只要继续前进，乘船到达日本，再远航到达美洲，穿过北美大陆，横渡大西洋，进地中海，在土耳其登陆，再往前走不远到德黑兰，就和叛军迎头撞上了。但是他嫌太远，又转回来了。他是皇帝，又是那支军队的最高统帅，有权选择行军路线。但是当他选择向东迎敌时，长安城就被剩在了皇军和叛军之间，城里没有一兵一卒。城里的官员明白，这是一个重大的关头。只要逃出城，向东前进，就是随君出狩，将来升官；留在城里就是附逆投敌，要被扯成两段。但是尽管心里明白，要出城却不容易。大家都想跑，就造成了前所未见的交通阻塞、混乱、抢劫等等；总之，有一些倒霉蛋没跑掉，结果是自己被车裂，官位叫那些跑出去的顶了差了。你要听这些倒霉蛋说，每个人都有自己的故事。但是这些话听不得。是随君出狩，还是留城附逆，这是个硬指标。考核干部，就是要看硬指标。

现在我们该接着谈卖人的事了。在这堆货中间，有个尖嘴猴腮的老太太，她是个官媒，或者说，政府里的人贩子；穿着瘦腿裤，太阳穴上贴着膏药。那女人手脚麻利，尤其是打别人嘴巴，手快极了，劈劈啪啪一串响，就给了无双的妈一串嘴巴，然后说，老婊子，你闭嘴！你这个老样儿，原本就不好卖，加上碎嘴谁要你！还有你这小婊子——说着官媒拿起一件东西——那是竹竿上绑的苍蝇拍，专门用来打无双嘴巴的——也打了无双几下，说道：你也别偷懒，帮老娘吆喝几句！无双挨了打，只好吆喝起来了：

卖我妈，卖我妈呀！

这么吆喝了，还要挨打：小婊子，还有呢？她只好又吆喝道：

卖我姨，卖我姨呀！我姨还挺白净的哪！还有我奶妈呀！她的奶我吃过，是甜的呀！

这么吆喝了，还是要挨打：小婊子！还有你！

我操你妈，你们谁也不准买我！我表哥会来找我的，谁敢买了，他剥你的皮！

就这么卖到了天黑，把奶妈和姨娘都卖掉了。第二天接着卖，却毫无进展。官媒领导来检查工作，官媒汇报说：像这么娘儿俩拴在一块卖，看着就怪凄惨，谁都不会买。干脆，这个老的政府就收购了吧。这个小的是个俏货，一定能卖个好价钱。政府定下的拍卖指标一定能超额完成。官媒头听着合情合理，就同意了。下午就把无双的娘送到了教坊司。谁知这官媒打错了算盘，光看见小姑娘长得好，却不知道她是多么的凶狠刁蛮。那时节兵荒马乱，外坊的人来不了；本坊的人干脆就不来问价。那个官媒婆守了三天，渐渐没了精神。她打个阳伞坐在桩子底下打瞌睡，偶尔想起来，也吆喝上一句：

大姑娘嘞，黄花一朵哇。

有关宣阳坊里卖人的事，还有不少可补充的地方。无双的奶妈和姨娘，是被南城一位侯爷买走了。他老人家爱买便宜货，不怕兵荒马乱，出来逛，走到了宣阳坊，一眼看到了奶妈，下马过来看了看，说道：奶子很大呀。一天出多少奶？

奶妈答道：四升。

淡吧？

不淡。我身上有比重计，您老人家挤一碗量量嘛。

于是就成交了。就像我到医疗器械公司买台设备，问过了性能参数，一切合适，我就买了。和买设备不同的只是设备不会自报参数，要别人替它说。官媒会做生意，提了一句：还有个姨娘，也挺干净的。侯爷瞅了一眼说：一块捆上吧。说完了，底下人牵马过来，正要认镫上马，官媒又说：还有个老太太，不要价，您老人家赐个价。侯爷回头看了一眼，说道：买回去当我妈吗？就要走了。官媒拦住道：还有一样货色，您老人家还没看哪。侯爷抬头一看，说道：官宦人家小姐，我们买不合适。卖给老百姓吧。我想这是因为兔死狐悲，物伤其类。侯爷觉得官宦人家的小姐是同类，而奶妈、姨太太则不是同类。

无双的妈是教坊司买走的。教坊司是现在中央歌舞团一类的地方。她在那里学习歌舞，穿上了轻纱做的舞蹈服。但是她那两个大奶头又大又黑，衣服遮不住，只好贴上两张白纸。至于奶袋低垂，好像两个牛舌头，那就无法可想。这老太太有摇头疯，唱着唱着歌儿，她忽然一晃脑袋，就给歌词添进一句“没附逆”来，叫人不知所云。跳舞时她左手和左脚、右手和右脚老拉顺，更是令人厥倒。教坊司的教习打她，骂她，不给她饭吃，很快她就死得直翘翘的了。

四

无双家的故事，王仙客已经知道了。是侯老板告诉他的。侯老板没有孙老板聪明，脑子里又岔了气，什么事都往外说。王仙客觉得这个故事很悲惨。最悲惨的一幕就是无双坐在木桩子上，还在嘴硬，小孩子来问她：无双姐姐，整天这么坐着，屁股麻不麻？无双就说：这有什么呢？我整天练这个，一练是一整天。先坐硬床板，后练坐黄豆，坐核桃。这两步我都练到了。以后还要练坐碎玻璃，练坐钉板。你知道是为什么吗？我是要嫁人的呀。现在挑媳妇，就看屁股硬不硬。屁股硬婆婆就说坐得住，是好媳妇。其实这也是扯淡。但是我要嫁给我表哥，我们俩好，我得给他挣面子。将来一进他家的门，我姑姑伸手一摸，我的屁股像块铁板；再拿一筐核桃来试试，我往上一坐，全碎了。姑妈没得说，只好双挑大指道：是个好媳妇！晚上表哥就说：无双，你够朋友，没让我妈说我。我现在坐在这里，是练屁股哪。要是有人来问：无双姐姐，别人怎么打你的嘴巴？你怎么叫人捆起来了？她就说：这也是为了我表哥。将来嫁了他，我姑姑没准要打我的嘴巴。你知道吗？

媳妇总要挨婆婆打的，这件事谁都没有法子。要是还像我现在这样，人家给我一下，我也给她一下，那就不好了。所以我让别人把我捆在这里打嘴巴，是练不还手的功夫。这是她嘴硬的时候。硬不下去了就哭起来，说道：我还活个什么劲哪。爸爸死了，妈妈没了。要不是等我表哥，早从这柱子上撞下去了。那个官媒听见这话，就来了精神，说道：小婊子，你这个主意好。你脑袋朝下一跳，我也就能交差了。你是早死早超生，我去报个货损。跳吧，别这么胆小。但是无双却说，大娘，我表哥会来找我的。媒婆听了生气，捡起竹竿来就打她嘴巴，骂道：胡扯！你哪有表哥？你表哥早死了。快跳吧！

王仙客想到这些事时，正是夕阳西下时节，他看到了房顶上有一只孤零零的兔子。现在宣阳坊里除了它，一只兔子也没有了。我们知道，有两种动物的雄雌是很费猜的，一种是猫，一种是兔子。所以也就不知道它是公是母，但是可以知道它很老了。原来它的毛是白的，现在变成淡黄的了。现在它每天都要爬上房顶的最高处，想让鹞子把它逮去。但是鹞子早识透了它的诡计，就是不来逮它。它们宁可飞好几十分钟到外坊去捉兔子，也不来捉它。王仙客认识它，因为它是他最初放到房顶上的兔子中的一只。经常出现在他梦里的也是它。王仙客老想安慰它几句，但是知道它也听不见，所以只好在心里默念，寄希望于这兔子懂心灵感应：

兔子呀，我知道你抱怨我把你放上房就不管了。我承认，这是我干的缺德事。但是我活得也不轻松，你让我去埋怨谁呀。

于是王仙客就狠心地扔下兔子不管，去想无双的事了。

以前我在地下室里住时，有时候感到寂寞难当，日子难熬，就想道：一定有个什么人，或者什么东西，应该对我的存在负责，所以他也该对我现在的苦恼负责任。所以我就对他（你可以叫他我的上帝、我的守护神，或者别的什么）抱怨一番：你瞧你把我放这个地方，到处都是笨蛋！叫我怎么活呀！这样想了以后，很快就得到了回应：你少唠叨两句吧。我也烦着哪。

以前希腊有个老瞎子荷马，喜欢讲特洛伊的故事。故事里特城战士一方，雅典战士一方，杀得你死我活。天上的战神爱神支持一方，神后和雅典娜支持一方，也是斗得七死八活。我们和奸党的分歧，天上地下到处都有。在那个故事里，古代的战士们身负重伤，行将毙命时，就向自己一方的神抱怨说：你怎么扔下我不管了？而神却说，这里的奸党厉害，连我自己都快保不住了，没有能力救你啊。我对荷马君的诗才深为仰慕，也有续貂之作。寄出后，又被退到办公室。领导上看了说，这是精神分裂的典型症状，就派人来电我的脑袋瓜。法拉第这家伙，发明点什么不好，偏去发明电。真是害死我了。

自从有了电，我们的人说话就小心多了。像《伊利亚特》这样的作品也再不会有了。我们知道，苏格拉底那老家伙很硬，犯了错误之后，你让他吃几根毒胡萝卜，他就吃下去了。但是你让他摸电门，他也未必敢吧。

五

无双坐在那根柱子上时，罗老板每天都来看她，因为他觉得无双的样子很好看。她身上穿了一身黑，头上戴一朵白花；罗老板觉得这种色调搭配得很好。无双是被五花大绑着的，有一道绳子从前面勒住了她的脖子，并且把她的手臂完全捆到了身后。因此她背着手，挺着胸，就像课堂里一个小学生，显出一副又乖又甜的样子。虽然她的双脚也是捆着的，但是她还是不时地要挪动挪动。一会儿把右脚挪到前面，一会儿把左脚挪到前面。这个景象罗老板百看不厌，简直是一会儿不看都觉得亏。一个十六七岁的小姑娘，爹死了，娘卖了，自己像一双鞋一样被摆上了货架，你老去看人家，我觉得多少是有点不合适。但是罗老板是位儒士。儒家对自己为什么会去看某个景象都有很浪漫的解释。比方说，有过这么一回事：大程先生手里老拿了一只毛茸茸刚孵出的鸭雏，盯着看个不停。你要问他看什么，他就答道：看见了小鸭子这么可爱，我就体会到先贤所言仁的真义。这个答案就出乎我的意外。我还以为他盼鸭子快点长，好烤来吃呢。罗老板老去看无双，当然有正当的理由，但具体是什么，我不知道。你就顺着大程的思路去想象吧。

不知为什么，无双见到了罗老板就要破口大骂，说他是一条蛔虫、一只蛆，并且一再威胁说，要让表哥剥了他的皮，好像王仙客是个杀羊的屠夫，很擅长剥皮；或者罗老板是一根香蕉，他的皮很好剥似的。这还说明这小姑娘感觉很敏锐，知道危险来自什么地方。只要罗老板走到了两丈之内，她就哭起来。因为她是被绑着的不能擦眼泪，所以每哭一会儿，她就要停下来，稍低一下头，让泪珠在鼻尖上聚集。然后猛一甩头，把泪水都甩掉，再接着哭。她就这样哭哭停停，停停哭哭，好像一座间歇泉。而这时罗老板走近来，一方面就近打量无双，一面和官媒聊起来：唉，这小姑娘绑了好几天了。真可怜呀。官媒一听就明白了，马上顺杆往上爬：是呀，小小的年纪，又生在富贵人家。怎么受得了哟。无双一听这个话头，汗毛直竖，说道：我在这里挺好，你们别可怜我。官媒说，小婊子，闭嘴！再说话我拿膏药糊住你的嘴！官人呀，我们做官媒的，都是嘴狠心软。看着她这么受罪，心里也不忍。您要是可怜她，就把她买去吧。罗老板说，您老人家说笑了。都在一个坊里住，成天大叔大叔地叫，好意思吗。无双就说，大叔，罗大叔，您老人家有良心，祖宗积德，您也积德。等我表哥来了，我们俩一块去给您老人家磕头。官媒一听，拿起拍竿来，就打了她十几个嘴巴子，说道：放屁放屁。你们家附逆谋反，干下了灭族的勾当，谁是你大叔。你敢乱套近乎？官人，你看见了？家长谋逆，全家都杀了，嫌她下贱，没人杀她。这是个贱货。上面有个窟窿，能透口气，下面有个窟窿能生孩子。仅此而已。买回家，干什么都成。罗老板就说：要是这么说的话，价钱就太贵了。官媒就说：贵?！您好意思这么说？官宦人家小姐，千金万贵，养得这么细皮嫩肉，不卖点钱行嘛。无双说道：官媒大娘，你怎么什么话都说呀。你把我都说晕了。

后来罗老板对官媒说，这件事我再考虑考虑吧。说完就到坊里串门去了。串门就是造造舆论。做任何事情，工作量的百分之九十九就是造舆论。比方说，我和张三、李四、王五一块乘车出去，我想吃根冰棍，买来以后先要敬张三：张师傅，吃冰棍。他说，不吃不吃你吃。又敬李四：李师傅，冰棍。他说：谢了，我不想吃。最后敬王五：王师傅？他说：你吃了吧。于是我说：都不吃我吃了。当然，这时冰棍也化得差不多了。再比如我前妻要和我离婚，就这么去造舆论的——她先告诉每一个人，我阳痿。那些人都劝她离婚。然后她又说她对我有感情，舍不得。那些人都说，有感情也该离。再后来她又说我不让离(这是撒谎)，人家都说我太不好了。后来她又去说，她一提离婚，我就打她，但是我根本就没打过她。这时大家都很恨我了。她再说她对我还有感情，别人就说王二这家伙，又阳痿又打人，你怎么还和他有感情。就这样折腾了半年，造好了舆论，才离了婚。因为我也帮她造舆论，这算离得非常快的。有人花了二十年，也没离成。

罗老板造舆论，是想把无双买回家。这件事是让人挺不好意思的，当着全坊人的面，把无双从柱子上弄下来，拉回家去，真有点叫人难以想象。但是光想象一下，就叫人觉得又甜蜜，又心慌。所以会发生这样的事，并不是因为罗老板荒唐，只是因为无双的诱惑力太大了。

在第七章里，我写道：人和猪的记性不一样，人是天生的记吃不记打，猪是被逼成记吃不记打的。现在我知道是错了。任何动物记吃不记打都是逼出来的。当然，打到了记不住的程度，必定要打得很厉害。这就是说，在惩办时，要记住适度的原则，以免过犹不及。但是中庸之道极难掌握，所以很容易打过了头，故而很多人有很古怪的记性。

第九章

一

王仙客在宣阳坊里找无双时，老看见房顶上一只兔子。这只兔子看上去很面熟，好像总在提醒他要想起谁来。后来他终于想起来了：他舅舅刘天德胖乎乎的脸，小时候是个豁嘴，后来请大夫缝过。这模样简直像死了那只兔子。这个老头子整天没有一句话，老是唉声叹气。偶尔说些话，也是半明白不明白的，比方说：不要当官，当官不是好事情。或者：不要以为聪明是好事，能笨点才好呢。他说话没头没尾，说了也不重复。王仙客对这位舅舅的话总是很在意听，但是从来没听懂过。除了这一句：我要是能保住自己一家人，就心满意足了。这句话虽然明白了，也只是在他死了以后明白了一半。至于他当年为什么说这些话，还是一个谜。但是我做过一个统计模型，以官员是否被车裂做因变量，以他生活其他方面做自变量，算来算去，未发现任何因果关系。听说刘天德无比聪明，所以他很可能会算线性回归。也许他算得比我好，甚至算出自己将被车裂也不一定。

有关刘天德的事，还有一点补充：根据最新的研究成果，中国人里智商最高的是唐朝建元年间的工部侍郎刘天德，IQ 高达二〇〇，和英国人高尔顿并列世界第一。而白丁王仙客的 IQ 只有一八五。搞这项研究的是我们医院心理科的白大夫，听说“文化大革命”时他就搞这项研究，当时的成果是伟大领袖 IQ 二五〇〇，亲密战友 IQ 一五〇〇。现在出尔反尔，又说刘天德二〇〇是最高，我也不敢信他。在此一提，以备参考。

我也对这只兔子恋恋不舍，它使我想起了李先生。他有几根疏疏落落的胡子，也很像那只兔子。李先生后来当中学教师，在远郊教书。他给我、我表哥，还有几个认识的人，来过一些没头没脑的信；后来就傻掉了。傻了以后，脸色惨白，目光呆滞，更像兔子了。但是我不愿意记着他这个样子。我宁愿记住他和大嫂做爱时的神情。当时他面红耳赤地跪在大嫂屁股后面，低着头，向上斜着眼，一脑门子的抬头纹。虽然这也是很像兔子，但比后来好看多了。

现在应该继续讲罗老板要买无双的事。为此他到处串门，打听别人对无双的看法。坊里的人都说，这小婊子太坏了，落到现在的下场是罪有应得。这坊里死了这么多人，全是她们家害的。现在我们看得出来，这种说法毫无根据。但是当时的人刚受了重大的刺激，讲话根本就没有逻辑；或者说，讲的全是气话。既不敢气皇帝，又不敢气政府，只好逮着谁是谁，胡乱撒火。罗老板拐弯抹角地说出他的计划：应该有人把这无双买回家来，让她当丫环，服贱役。别人就说，那也应该。罗老板就觉得他的计划大家都赞成。其实大家还没他这么疯，心里都明白，这么干是发疯。别的种种不便之处不提，无双口口声声念叨的那个表哥就是实有其人，谁敢买无双，这家伙万一找来就是不得了的事。到那时你拿政府的官契和他说理，肯定没门。因为他是个山东蛮子，山东人更喜欢白刀子进红刀子出。但是你既然说了该把她买回家来，我就说应该。咱们这些人，的确有实话不多的毛病。

然后就该谈到罗老板的风，这个风是风马牛不相及的风。换言之，罗老板当时发了情。古书上解释说，诗曰，马牛其风。也就是说，牛和马各发各的情。现在的语言学家却解释道，一刮风牛和马就各跑各的了。但是我就不知马牛其风怎么解释。假如解释成牛和马各自都会呼风唤雨，那么作为一个人类，我感到很惭愧，因为我们不会呼风唤雨。罗老板在风头上，想的全是拿根绳子套在无双的脖子上，把她拖回家去，然后就开始剥她的衣服。这时候无双准会破口大骂，或者是哭哭啼啼。一般来说罗老板不敢干这种事，除非是在想象里。而且想象这种事时，都是在深夜，老婆睡了以后。这是因为这种事太刺激，一想就脸色煞白，干咽吐沫，别人问起来不好解释。但是一件事想多了，最后总会干出来——当然，干出来时，多少走点样。风头一起，就会从纯粹的意淫转入行动，但是大多数人还不至于强奸妇女，而是寻找另外的发泄方式。我最后终于得到了到美国接仪器的美差，到了纽约四十二街，看见X级的电影院前净是四五十岁的男同胞，一个个鬼头鬼脑，首鼠两端，瞅见没人就刺溜一下溜进去。等到出来时，个个好像晕了船，脸色惨白。因为里面是彩色宽银幕，晃得又太厉害了一点。

有关风头上的事我知道很多，正如大家都知道的，人和动物在这方面区别很大。动物恬不知耻，而人总是鬼鬼祟祟羞羞答答的。过去我们说，动物和人的区别是动物不能懂得毛泽东思想，而人经过学习，能够懂，但是这话现在没人提了。现在我所记得人和动物的区别就是插队时看到的——那是在春天里，公马和母马跑到村里来。那公马直撅撅、红彤彤的，母马则湿得一塌糊涂，就这样毫不避人地搞了起来。而我们的女同学见了，大叫一声"啊呀"，就叉开五指，把手掩在大睁的眼睛上了。

我们说过，无双做小姑娘时很恶，像这样的恶丫头肯定有一帮小喽啰。现在虽然被绑到了柱子上，但还是有人给她通风报信。所以她知道罗老板在坊里串门子的事。串的次数多了，别人也知道他的意图了。也有人用隐晦的口吻来劝他：无双这丫头，恐怕不会听话吧。罗老板就鬼鬼祟祟地说：不听话可以调教哇。他说调教两字的口吻，实在暧昧，带有淫秽的意思。又有人说，就怕她的亲戚找来。罗老板就轻笑一下说：都灭族了，哪儿来的亲戚。他根本就忘了还有个王仙客，别人提醒，他也听不懂——色令智昏嘛。

后来罗老板就常到空场上来，也不再提要买无双的事，只是围着她打转。有时候看看无双被捆在一起的小脚，看看脚腕上绳子的勒痕；有时转到无双的背后，看看被捆在一处的小手；然后和无双搭起讪来：你在这里怎么样？有没有 feel lonely ？因为有官媒在一边监视，无双不敢不答罗老板的话。但是她常常说着说着就呕起来了。而且不是像得了胃炎之类的毛病那种呕法，这种病人呕起来又恶心，又打嗝，折腾半天才吐出来，吐完后涕泪涟涟。无双就像得了脑瘤，或者脊椎病一类的神经系统病一样，一张嘴就喷出来，而且能喷出很远；因此也就很难防了。我们的护士接近这类病人时，手里老是拿着个病历夹子，准备在紧急时抵挡一下。罗老板没有这种知识，所以常被喷个正着。出了这种事，官媒就赶来打她嘴巴，一边打一边纳闷道：小婊子，我真不知你是不是故意的！而无双则一边挨打一边解释说：大娘，我真不是故意的！忍不住了嘛。

无双喷了罗老板一身，罗老板就回家去了。官媒就去拿个梯子，上去把无双的脚解开放下来，然后押着她到井边去洗涮。这时候边上没有人，官媒说话的口气也缓和多了：小丫头，你可别打逃跑的主意呀。告诉你，逃跑了逮回来准是割脚筋，挖眼睛！无双回答道：大娘，您放心。我绝不跑。举目无亲，往哪儿跑？我又不知道表哥住哪儿，现在唯一的指望就是等他上这儿来找我。我在柱子上坐得高，看得远，他一来我就看见了。就因为无双呕吐，她和官媒有了交流，后来感情还蛮不坏的啦。

后来王仙客想找到这个官媒，出动了黑社会的关系，终于打听到她两年前请了长假，到山东去找王仙客了。王仙客觉得这老婆子笨得很，现在路上不太平，她又不知王仙客的确切地址，怎么可能找到呢。还不如在长安城里等他来。不管怎么说，现在这个官媒是找不到了。据说她看守了无双三个多月，后来对无双是不错的。晚上她就睡在临时搭成的草棚子里，无双睡在门外的囚笼里。她还自己出钱买了草，给笼子搭了个草顶。早上天刚亮坊门没开时，她就打开笼门把无双放出来，让她在空场上跑步，做体操，她自己则回去睡懒觉。等到该开坊门时，才拿着捆人的绳子到空场上叫：无双儿！快回来，上班了！无双回来以后，她就帮她梳理头发，把她捆起来，嘴里这么说道：儿呀，今天最好遇上个好主儿，把你卖出去。这官媒就像母亲一样，母亲就是这样爱我们的。

而无双答道：大娘，把我卖了，谁跟您老人家做伴哪。她就像个女儿一样。我们也是这样爱母亲的。但是官媒心里烦了也要打她个嘴巴：小婊子，谁稀罕你做伴！再卖不出去，又要降我工资了。而无双就哭道：您老人家就耐心等等不成吗？我表哥就要来了，让他多多地给您老人家钱。虽然有这些现象，总的来说，还是一副母女情深的场面。官媒虽然打无双，其实是爱她的，但是这种爱受到了一些限制，因为她们的关系毕竟是属于店员和商品的范畴。何况她还救了无双一命哪。这个景象侯老板看见了，他已经告诉了王仙客，并且把罗老板给出卖了。

二

侯老板告诉王仙客的事是这样的：那一年秋天，大概是中秋节左右吧，有一天，天快黑时，他经过那个空场子，见到那儿有几个陌生人，穿着公务人员的黑衣服，赶来了一辆带笼子的囚车，看来是要把无双带到什么地方去。其中一个已经爬上了梯子，想把无双弄下来。但是无双使出了操练多年的铁臂功，以及从小爬树登高的功夫，赖住了就是不下来。而那个官媒在下面劝慰道：儿呀，下来吧。现在天凉了，你耗得了，你大娘这两根老骨头可耗不了哇。而无双却在尖声哀号：大娘，您再忍几天。我表哥就要来了！再忍一天好不好？明儿他再不来，我一定去。我要不去是小狗哇！

侯老板讲到这里时，王仙客一把捏住了他的手腕子，说道：到哪儿去了？我就要知道这个！王仙客这家伙的握力也不知有多大，反正他吃核桃吃杏仁都是用手捏的。这一捏就把侯老板的手腕捏坏了，后来给了人家好多虎骨膏、活络丹作为赔偿。侯老板吃不完，就摆出来卖。这些药非常值钱。这一捏又把侯老板的小便捏失禁了，要用针灸来治。王仙客预付了一千个疗程的针灸费，足够侯老板治到二百岁。但是侯老板还是没告诉他无双去哪儿了，因为他确实不知道。但是他说了个人名，说那人知道（那人就是罗老板）。所以王仙客又付了很多钱，这笔钱的用途是让侯老板以为他没把这个人的名字说出来。

侯老板说道，当时无双哭哭啼啼，撒泼耍赖，别人拿她没了办法。那官媒就说：小婊子，我还没告诉你哪。黄河发大水，东边全淹了。你表哥就是没淹死，一年半年的他也过不来了。无双听了一愣，说道：大娘，真的吗？官媒叹口气说：孩呀，这是命，你认了吧。但是她要是肯认，就不是无双了。所以她就一头撞下来了，满以为能把脑袋撞进腔子里，就算死不了，眼睛藏在脖子里也是个眼不见为净；但是官媒手疾眼快，抄过了一个箩筐往下一垫，让她一头撞到筐底上，晕过去了。

据侯老板说，这件事除了他，还有这样一些人看见了。首先是无双，无双醒过来就给官媒磕头，说：大娘，这阵子您挺疼我的。能找点耗子药给我带上吗？其次是那个官媒，官媒对无双说：傻孩子，说的这叫啥。年纪轻轻，以后的日子多着呢。后来她又求官媒告诉王仙客一声，官媒答应了，而且也真去给她办（很可能是图赏钱吧），但是没有办到。有可能是被人打了闷棍，也可能是叫拐子拐跑了。山东那地方，拐卖妇女一向很流行。王仙客有一家邻居，一个八十多岁的老祖母，和四十多岁的孙子一块过。出去走个亲戚就叫人拐跑了，过了一年多才回来。还带回了十五六岁一个爷爷，和才满月的叔叔。根据这些情况，王仙客认为那个官媒是找不到了。还有那几个赶牛车的，王仙客认为，那几个赶牛车的也找不到，因为不知道是谁，也不知住在哪里，长安七十二坊，三百多万人，上哪儿找去。最后一个人，就是罗老板。用侯老板的话说，那些日子，他一直腻腻歪歪地围着无双转。那天晚上他也在那里，摆出一副“看有什么事能帮上手”，想学雷锋做好事的样子。而那天晚上他的确是做了很多好事。比方说，他跑回家拿来了铜盆和白毛巾，给无双洗脸。这件事情他还记着哪。但是想要让他把这些事情完整地说一遍就不大容易了。他的记忆好有一比，就像我过生日那天小孙给我下的那碗长寿面。那碗面里断头很多，虽然吃起来是面的味道，看上去却像炒蒜苗。还有个比方，他的记忆很像十月革命节时让我们去看的那些黑白电影；一会儿黑得像是进了地狱，一会儿白得好像炸了原子弹。想要从他嘴里掏出点有用的消息，简直比登天还难。虽然我对王仙客那一八五的 IQ 不大服气，想在各个方面都和他比一比，但是我一点也不想经受他受的这个考验。“文化大革命”前，我们中学生去清洁队里劳动锻炼，学习掏茅坑，师傅教过我干、稀、深、浅各种情况下使用长把勺子的不同手法，我都记住了。我师傅还夸奖我说，你简直天生一块掏大粪的材料嘛！虽然如此，对罗老板这个茅坑，我还是没有把握。

三

罗老板这个人有点鬼鬼祟祟，这就是说，他有话不明说，拐着弯往外说；心里面有点坏，但是老想装好人等等。坦白地说，过去我也有过这种毛病。这都是少年时的积习。那时候半夜起来手淫，心里想着白天见到的美貌少女；事情干完了，心里很疑惑：到底是全世界的人都像我这么坏呢，还是只有我一个人这么坏？所以到了白天，我就拼命地装好人。当然，我现在已经四十多了，这种毛病也好了。全世界的美貌少女们，见到我尽管放心吧。罗老板的另一种毛病我是绝没有的，就是有点腻腻歪歪的毛病。明明是你的事，他偏要觉得是自己的事。别人娶媳妇，吹吹打打的，他在一边看着眉开眼笑；大天白日的，他就看到了满天的星斗，稀里糊涂自己就变成了新郎，进了洞房，骑在新娘身上。当然，这些想象只限于好事情。而无双被卖掉了，他还在一边恋恋不舍，跑前跑后地帮忙，这到底是为什么，我就不懂了。

罗老板丝毫也不记得自己要买无双，倒记得那个小姑娘坐在柱子上含情脉脉地看着他，仿佛是求着他把她买走的样子。这件事当然就很难说了。我们认为他要买无双，只有些间接的证据，比方说，他造了舆论，他在无双身边腻歪，而他毕竟没有掏出钱来把无双买走。但是我们的确知道，无双标价三百时，他身上就总是揣着三百，无双标价二百，他身上就有二百。而且他老是把钱攥在手里，那些钱最后就变了色发了黑，放在地上能把方圆二十米内的蟑螂全招来。这到底是为了什么还很难说。而且那段时间里他经常打老婆，管他老婆叫黄脸婆。但是说无双对他含情脉脉，恐怕是没有的事，除非你把呕吐叫做含情脉脉。

夏末秋初的时候，官媒在宣阳坊里已经待得很烦了，就把无双从柱子上放下来，解开她脚上的绳子，牵着她逛商店。这是个很古怪的行列。前面走着官媒婆，手里牵根绳子；后面跟着无双，绳子套在她脖子上。再后面还跟着一位罗老板。这三个人三位一体，不即不离，走到了食品街上，有人就和官媒婆打招呼：大娘，差事办得怎么样？

唉，别提了。小婊子卖不掉。

还有小孩子和无双打招呼：无双姐姐，你表哥来了吗？

马上就来。我估计他明天准到。

就是没人和罗老板打招呼，都觉得他不尴不尬，不像个东西。他就去买了一串烤羊肉串来，说道：

无双妹妹，我买了一串羊肉，喂给你吃好不好？

无双说道：大叔，千万别喂。你一喂我准吐。

后来罗老板就自己把那串羊肉吃掉了。像无双这样以呕吐为武器的人可说是绝无仅有，在动物界里，也只有那种喷水滋蚊子的射水鱼稍可比拟。这件事大家都看见了，侯老板还替他记着，但是他自己早忘了。

还有这件事罗老板也记不住。有一天中午，当着全坊人的面，无双对罗老板大叫大喊：罗大叔，我求求你，别缠着我。这坊里不管哪位大叔把我买了去，我还有救。将来我表哥来了，哪怕我和别人睡过，他肯定会把我接走，因为他爱我。但是只要我跟你过了一天，他准不要我了。他那个人怕恶心呀！

这么嚷了一回，罗老板就不大敢买无双了。但他还是围着无双腻歪，向她提出各种建议，或者给她打气：无双妹妹，坚持住！你表哥王仙客很快就来！

或者是：无双，活动一下手指。别落下残疾。

或者是：苍蝇来了，你就用气吹它！

或者是：不要老坐着不动，要换换姿势。一会儿用左边屁股坐，一会儿用右边屁股坐！

正当他用表情在脸上表演最后一条建议时，无双就吐了，喷了他一头一脸。我们知道，官媒曾经想把无双卖给罗老板（那是和无双建立了感情以前的事)，后来很快绝望了。因为他根本不像个买主。假设官媒是个卖梨的，来了一个人，问道：

掌柜的，梨怎么卖?

两毛一斤嘛。

给你五分钱，我把这个拿走，行吗?

这就是个买主了。虽然那个梨有半斤重，五分钱就让他拿走是不行的，但是可以继续讨论。要是来了一个人，不问摊主，却去问梨：

梨呀，我想吃了你。你同意吗?

这就不是来买梨，纯粹是起腻。等到官媒和无双有了感情，有时她就撵撵罗老板：

罗掌柜的，忙你自己的去吧。这小姑娘吐得也怪可怜的啦。要是真有好心，就把她买下来放生。

放生？什么话。我的钱也是挣来的，不能瞎花。

像这样的事情发生过，但是罗老板终生不会想起来了。不管你用电击他，用水淹他，还是买王八炖了给他补脑子，请大气功师对他发功，都不管用。他只记得无双对他有过感情，哀求他把她买走，但是他没答应。他不但会忘事，脑子里还会产生这样奇怪的想法，所以我说他是个臭茅坑。

有关无双被卖掉的事，罗老板看到的比侯老板多。侯老板看到无双从柱子上撞下来就走了，而罗老板一直在旁边看着。她管官媒要耗子药，没有要到，又让官媒传话给王仙客。干完了这两件事，她就在地下打了一阵滚，一边滚一边哭，搞得如泥猪疥狗一样。等她哭完了，罗老板就拿来了脸盆手巾，给她洗脸。洗完了脸，罗老板还是不走。赶牛车的人里有一位就对他说：喂，毛巾什么的都还你了，你还待在这儿干吗。罗老板说道：这小姑娘是我们坊里的，我要送送她。要是平时，无双就该呕了。但是那晚上却没呕出来。官媒说：现在该上车走了。赶牛车的说：不行，得换换衣服。一身土怎么行。说着就推了罗老板一把，说，人家换衣服，你也看着吗？但是无双说，算了，别撵他。我现在还害什么臊哇，他爱看就叫他看吧。她就换了衣服，钻进囚车里，被拉走了。罗老板其实什么都没看见，只看到了黑地里一片白糊糊，因为天黑了，罗老板几乎瞪出了眼珠子，也就看到了一片白。而这片白里哪儿是乳房，哪儿是屁股，都是他自己的想象。那些赶牛车的人是哪里来的，他也一点记不得。而人家是对他说过的。不但说了从哪儿来的，还说了这么一句：你离我们远点儿。但是他还是跟着那辆牛车，跟出了宣阳坊方归。

四

我们还是来谈谈老爹吧。据我所知，宣阳坊里有两个直性子人，一个是侯老板，另一个是王安老爹。但是他们有区别，前者是直得把什么都想了起来，后者是直得什么都想不起来。据我所知，直性子人就这两条出路。王安老爹就知道彩萍是个骗子，而无双是谁，王仙客又是谁，等等，一概想不起来。就这个样子，他还想把彩萍送去打板子。失败后还不死心，又到衙门里去打听：想打一个人的屁股，需要办哪些手续，具备哪些条件。其实他吃了好几十年公门饭，这些都懂得。但是他直性发作，一下子全忘了。人家告诉他说，有些人的屁股很好打，比方说，想打一个叫花子，只消把他拉进了衙门，按到地下就可以打，什么手续都不要；唯一必备的条件是他要有屁股。有些人的屁股就很难打。比如这假无双的屁股，就要人证物证齐备，方才打得。老爹说，我要是人证物证都没有，也想打呢？人家说，你只有一个办法，就是到堂上去告，说有如此一个假无双，人证物证都没有，我要告她。老爷听了大怒，叫把你拉下去打。挨打时你想着：这不是我的屁股，是假无双的屁股。这样也就打到了。老爹觉得这办法不好，就回宣阳坊去找人证了。

据我所知，王仙客有一段时间心情很苦闷，这段时间也就是王安老爹想打彩萍打不着的时间。这段时间里，他知道罗老板听说过无双的下落，这就是说，他有了无双的线索。但是他又知道，罗老板肯定记不得无双的事了，所以他又没有了无双的线索。现在他必须设法挖掘罗老板的记忆，这就相当于去掏个臭茅坑，这个活他又没学过。所以他坐在太师椅上愁眉苦脸。彩萍在一边看了，也很替他发愁，帮他出了很多主意，其中有一些很巧妙。比方说，去勾引罗老板，引他上床，然后叫王仙客来捉奸。还有，去给罗老板做 head job，听他乐极忘形时说些什么。王仙客听了只是摇头，对彩萍的计谋一条也不肯考虑。其实这些计策都是妓女业数千年积累的智慧，并不是完全不可行。但是每个人都有自己的领域，王仙客是个读书人，对妓女的智慧，有时候就不能领会。

除此之外，王仙客对罗老板其人，虽然觉得他恶心，还有一点亲切感。这是因为大家都读过圣贤之书，后来又都做生意，王仙客会算麦克劳林级数，罗老板会算八卦，而且都对自己的智慧很自信；这些地方很相像。王仙客又想折服他，又不打算用太下流的手段，所以自缚手脚，走到了死胡同里。他一连想了三个多小时，水都没喝一口，眼也没眨一下，险些把脑子想炸了。

五

虽然史书上没有记载，我表哥也不知道王仙客是怎么死的，但是我断定他死于老年痴呆，因为他想问题的方法和李先生太像了。他们俩都是盯着一个不大的问题死想，有时一想几个小时，有时一想几天，有时经年累月。这就像是把自己的思维能力看做一只骆驼，在它屁股上猛打，强迫它钻过一个针眼。我问过大嫂，为什么和李先生好了一段就不好了。她告诉我说，毛病出在李先生身上。这老家伙后来老是心不在焉，和你说着说着话，眼珠子就定住了，这种毛病不仅是让人讨厌，而且是叫人害怕。连做爱时也是这样。除了第一次在破楼里算是全神贯注，后来没一次他不出神的，经常需要在脑袋上敲一下才知道应该继续，所以后来的感觉就像和木鱼做爱一样。大嫂说这些话时，毫不脸红，真如诗经所云：彼妇人之奔奔，如鹑之昏昏也！

现在小孙和大嫂也认识了，这两个女人很说得来，我真怕小孙受大嫂影响。大嫂告诉小孙说，她既爱丈夫，也疼孩子，但是一见了李先生这种呆头鹅一样的东西，就忍不住要教训一下他：世界上最美好的东西，是女人，而不是西夏文。她老去给人上这种大课，学生老是听不进。但是她老不死心，直到老得一塌糊涂，丧失了持教的资格，博得了一个很不好听的名声。这又应了夫子的古训：人之患，在于好为人师也。

虽然我还不知道自己是何种死法，但是我已经确知，自己将要死于老年痴呆症。所以我郑重地嘱托小孙说，将来你看到我两个眼珠发了直，再也不会转了，就赶快拿个斧子来，把我这个脑袋劈开，省得我把很多宝贵的粮食化成大粪。她答应了，但是我不大敢相信她，因为女人都靠不大住。我相信这个，因为我和李先生有一样的毛病。人活在世界上，就如站在一个迷宫面前，有很多的线索，很多岔路，别人东看看，西望望，就都走过去了。但是我们就一定要迷失在里面。这是因为我们渺小的心灵里，容不下一个谜，一点悬而未决的东西。所以我们就把一切疑难放进自己心里，把自己给难死了。大嫂和小孙为了挽救我们，不惜分开双腿来给我们上课，也没有用；因为我们太自以为是了。就是进入了生出我们的器官，我们也不肯相信，它比我们聪明。这还是因为，女人是我们的朋友，但不是我们，不管她们怎么努力，我们也不会变到她们那样。

在我看来，世界上的一切疑难都是属于我们的，所以我们常常现出不胜重负的样子，状似呆傻。就是因为这个缘故，单从外表来看，我们就和别人很不一样，看着都让人膈应；所以把自己想傻了也得不到同情，就像李先生，谁也不同情他。后来我见到李先生，发现他真的像一只呆头鹅，伸着脖子，两眼发直，整个儿像个停了摆的钟。就像钟表会停在一个时间上，这个白痴的脑袋里，肯定停住了一个没想完的念头，没回忆完的回忆。但是当时他已经不能回答问题了，所以停了个什么就再也搞不清楚。我倒希望他停在了和大嫂做爱那一回，千万别停在西夏文上。等到他死后，医院会把他脑袋切下来泡到福尔马林里。未来的科学技术必定能够从泡糟了的脑子里解析出凝固了的思想，这颗脑袋就像琥珀一样了。琥珀就是远古的松脂,里面凝固了一只美丽的蝴蝶,一滴雨水，一个甲虫。当时大嫂跪在地下，右手撑地，左手把披散的头发向后撩，故此是三足鼎立之势。眼睛是水汪汪的，从前额到脖子一片通红。虽然她的皮肤已经松弛，乳房向下垂时头上都有点尖了，但是还是蛮好看的。当时的天是阴惨惨的，虽然这是一个色情的场面，但是我从其中看到了悲惨之意，也许是料到了李先生将来要当白痴吧。好吧，就让这景象这样地保存起来吧。

第十章

一

我不说你就知道，在我们身边有好多人，他们的生活就是编一个故事。不管真的假的，完全编在一起，讲来娓娓动听，除了这个故事，他再不知道别的了。这就是说，在他看来，自己总是这一个故事，但是别人看来却不是这样。在宣阳坊诸君子的故事里，无双一会儿不存在，一会儿和鱼玄机混为一体，一会儿又变成了一位官宦小姐。如此颠三倒四，他们自己不觉得有什么困难。但是听故事的王仙客却头疼无比，因为他想不出怎么能让别人讲下去。假如去找一位君子说，先生，告诉我无双的事吧，谁知人家记得记不得；或者记得的是谁。王仙客总是为此搜索枯肠。谁知有时不用他费脑子，人家就自己找上门来，告诉他无双的事了。那一天早上，王安老爹把罗老板、孙老板都拉到他那里去，要告诉他彩萍是个骗子，真无双实有其人。

王安老爹虽然七十多了，尚有廉颇之勇；过去在衙门里打别人的屁股，那也是重体力劳动，练得很有劲；不像孙罗二位，虽然年轻几岁，但是成天站柜台，都站虚了。他们拉拉扯扯地进了王仙客的客厅，让他看了很意外。王安老爹对王仙客说：你那个无双是假的，你听孙老板对你说。而孙老板却说：谁说是假的？是真的嘛。这话一出口，连在里面染头发的彩萍都觉得意外，连忙跑了出来，想听听还要说点什么。当时她正要把头发染蓝，把眉毛睫毛也染蓝；而且用的还是荧光染料。虽然没染完，但是我们都知道，荧光物质湿的时候最亮，除了荧光还有反光，所以她跑到半明半暗的客厅里时，毛发闪闪发光。罗老板以前没见过这样的女孩子，见了就发起傻来。

彩萍这个姑娘并不聪明，但是她很爱王仙客，见到他愁眉苦脸，唉声叹气，心里就很难过。因此她想起自己刚到坊里来，打扮得奇形怪状，到街上一走，就搞到了很多消息，现在何不打扮得加倍的古怪，再到街上试一回。像这样旧瓶盛新酒的俗招，王仙客是决不使的。但是他也懒得去劝彩萍别这么干。这就是彩萍想把自己染蓝的原委。除了染头发，她还涂了个蓝嘴唇、蓝眼晕，袒胸露背，并且用蓝纸剪了很多唇形小片贴在身上，看上去就像有人朝她泼了一壶蓝墨水。这身装扮不但怪诞，而且有迷彩效果，使你看不出她有多高，有多胖，长得怎么样，等等，甚至连她站在哪里都有点模糊。老爹见了这副景象，大怒道：这就是无双吗？而孙老板闭上了眼睛说道：谁说不是？就是她。

王安老爹听见孙老板管那蓝荧荧的女人叫无双，简直气坏了，就问孙老板说：你说她是无双，你怎么认识她？孙老板也说不清楚，拍着脑袋说：我也不知道。大概她原来就是咱们坊里的人吧。王安说，好，就算她是咱们坊里的人。她叫什么？孙老板说，您这不是开玩笑嘛。叫无双呀。好，就算叫无双。也不能从小叫无双。小名叫什么？谁他妈的知道？二丫头？二妞子？也别光问我一个人哪。

老爹去问孙老板时，罗老板已经犯起了腻歪。他看出彩萍那身迷彩打扮的好处了：你不仔细看，就看不见她，仔细一看呢，就发现她腰细腿长，乳沟深深，真是好看得很。尤其是那副憋不住笑的样子，真是好看死了。老爹问他这娘们的小名叫什么，他就说道：叫什么都可以的，叫什么都可以的。而老爹简直要气死了，就去问彩萍：你小名叫什么？彩萍却说：你们乐意叫我什么，就叫我什么。老爹说：这就是胡扯。哪能想叫什么就叫什么！王相公，看到了吧？她是个骗子呀。而王仙客却皱起眉头来说：老爹，您说她是骗子，可是一点凭据都没有哇。

王安老爹说，我这一辈子，就没这么犯难过。咱们办了多少案子，都是跟着感觉走。怎么这回不行了呢？是乾坤颠倒了呢，还是我该死了？看他的样子，好像是真难过。王仙客就安慰他说：老爹，我不是信不过您。可是这回您要办的是我老婆，要点真凭实据不为过。老爹就拢住了火，好好想了半天，终于想出个好主意来：这样子好了。咱们打她一顿，她会招的。

王仙客听了却皱起眉头来，问彩萍道，你说呢？彩萍说，岂有此理，怎能揍我！你要是把这糟老头子揍一顿，他也会说，他不是真王安。把你揍一顿，你也不是王仙客。把孙老板揍一顿，他也不是孙老板。把罗老板揍一顿，他也不是罗老板。把谁揍一顿，他都不是谁了。王仙客听了点头说，有道理。王安听见这么说，就更愤怒了。他忽然想了起来：这都是侯老板搞的鬼。本来都说这娘们是假的，被他一搅都改口了。他对孙老板和罗老板说，你们两个不准走。就奔出去找侯老板啦。

王安老爹去找侯老板，但是他不在家。他老婆说，他去走亲戚，这件事一听就明白，其实他是躲了。王安一个人往王仙客家走，渐渐怏怏不乐起来。在此之前老爹一想起假无双还没被揭发出来，就气得不得了。他也感到这件事的风头不对了。看来这个女人就是无双；同时又想到，自己这么发怒也不对。怒能伤肝，怒能乱性，会诱发心肌梗塞。俗话说得好，气是无烟火药。总之，生气是和自己过不去。所以他决定再也不生气了。

老爹决定了绝不发火，就这样回到王仙客府上。而且他还想，假如王仙客乐意受骗，那是他的事，我管那么多干吗。当然，这是一时万念俱灰的想法。别人问他，侯老板呢？他就说，没找到。又问他，现在怎么证明无双是假的呢？王安就说，不证了。既然你们都说她是真的，那她就是真的好了。我没有意见。王仙客又说，您还可以好好问问孙老板，没准他能想起无双是假的呢。老爹摇摇头说，甭问了。看来是我记错了。彩萍又说，您老人家可别泄气呀。这么办吧，我去拿根棍子来，您来打我一顿，没准能打出我是假的来。老爹现在明白生气是多么不好了。生气时做事不理智，后来就要吃不了兜着走。以后要避免生气，是以后的事，眼前这一关却非过不可。他只好低声下气地说：姑娘，大人不记小人过。您跟我这种老货一般见识干吗？我说的话您就当放屁好了。

有关老爹改口承认假无双的事，我有如下补充。他老人家活到了七十岁上，一直是跟着感觉走，而且感觉良好，换言之，一直站在了正确路线上；而在七十岁上的这一回感觉错了，换言之，站错队了。后来他又改了口，把感觉找了回来，换言之，勇敢地改正了错误；以后的感觉就相当良好，换言之，回到了正确的路线上。这说明他老人家是懂辩证法的。

有关老爹的感觉，我还有一点补充。老爹在这一天以前，一直站在正确路线上，心里充满了正义的愤怒。他觉得这种感觉很舒服，别人一见了他发怒就怕他。所以他就有点倚老卖老，借酒撒疯的意思。但是过了这一天，老爹这种毛病就好得多了。

二

其实老爹揭发彩萍，也是因为心里痒痒。看到别人不合他的心意，就要把他收拾得哭爹叫娘，这是奸党的天性。但是老爹这回失手了，不但没有拿下彩萍，反而吃一大瘪，心里不但不痒，还有点发凉。后来他就想回家去，但王仙客却说，要留所有的人吃饭。还特别挽留老爹说，您要是不留，就是记我们的仇。彩萍也来留他，给他鞠了好几个大躬，并且说，假如不是穿着的裙子太紧，就给您老人家磕头。现在这个裙子，跪下就再也站不起来了。这些使老爹感到自己毕竟是个老的，别人尊重他，就是他干了缺德事，也不敢不尊重。他觉得很有面子。而且他又觉得，这无双懂礼貌，肯定是真的——换言之，真的也没她好。所以他就留下了。

中午时分，王仙客叫开上饭来。他是真心请客，既不是成心摆阔，弄些个猩猩脸、豹胎盘往上一摆，叫你看了恶心，一口也吃不下；也不是偷着省，弄些个小碟小碗假装斯文，让你空吃一场，最后空着肚子走。他上的都是实实在在的山珍海味，并且每个菜都做了很多，用朱漆饭盒给每人另盛一份，以便带回家给孩子们吃。孙老板对此很喜欢，并且觉得没理由记住还饭盒。王仙客叫彩萍给每个人敬酒，罗老板对此很欣赏，因为彩萍躬身时，他就可以从她领口往里看，大饱眼福了。王仙客又说了老爹不少好话，说他德高望重，劳苦功高，现在坊里太平无事，完全是老爹的功劳。这些都是老爹最爱听的。除此之外，王仙客的心情非常好，这也不是装的。所以大家都很高兴。这顿饭一直吃到了天傍黑，王仙客才叫人撤去了杯盘，端上茶水。他打个哈哈说，现在咱们接着聊吧。孙老板，你说以前就认识拙荆，这是怎么回事呀？孙老板一听这话头，登时头疼。他就哼哼哈哈地说，是呀，是呀，认识的呀。但是他心里说，你怎么还问这件事？真是要命！这件事只有回了家，堵上门想一下午才能弄清。所以他就想溜了。

然后王仙客就去问罗老板，罗兄，你说认识拙荆，这是怎么回事？罗老板说，就是认识的呀。虽然一时说不明白，但是他自负聪明，不像孙老板，老想往家跑，就想在桌面上摆个明白。孙老板看他两眼发直，一副拼命想事的架势，觉得有他吸引了王仙客注意，现在溜正好，就托辞上厕所。出来以后，见到个下人，就对他说：老兄，我有事先要回家。屋里有个饭盒，你们老爷已经送给我了。劳驾给我拿一下，我就到门外等着。谁知那个人直着脖子就吼起来了：

这姓孙的想溜呀！你们是怎么看着的！

他这一喊不要紧，从旁边钻出好几个人，架住孙老板的胳臂说：孙老板，这就是您的不对了。您没喝多少哇，干吗要逃酒？说完了几乎是叉着脖子把孙老板叉回客厅了。这时孙老板才开始觉得今天这宴席吃得有点不对头。就说主人留客，不准逃席吧，也不兴说“看着”（这个看读作堪，和看守的看同样读法），多么难听。而且他被叉回来后，门口就多了好几条彪形大汉，一个个满脸横肉，都像是地痞流氓的样子。孙老板确实记得自己没开过黑店，但是又影影绰绰觉得自己在这方面有点经验，他觉得自己有可能会成为包子馅。我们国家开黑店的人，不但杀人劫财，连尸体都要加以利用。事到如今，不能想这些。一切只能往好处想了。

三

现在我们来谈王仙客吧。我们说到，孙老板去上厕所时，王仙客和罗老板在谈话，等到孙老板被叉了回来，还在谈着。王安老爹吃饱喝足，打起瞌睡来，歪在了椅子上，口水正源源不断流出来滴到他裤裆上，造成了一个小便失禁的形象。孙老板虽然觉得不对头，眼色也不知使给谁。后来他就咳嗽起来，但是马上就招来一个下人，往他嘴里塞了一大块治咳嗽的薄荷糖，并且附着他耳朵说，您是不是喉咙里卡驴毛了？要不要我给你掏掏？孙老板只好闷不作声，虽然他已经看到门口的那些汉子假装伺候，正陆陆续续往客厅里进，而且互相在挤眉弄眼，样子很不对头。这时候他想道：这屋里又不是只我一个人，而是三个人，又不是只我这两只眼睛，而是五只眼睛。干吗非我看着不可呀？孙老板的情形就是这样的。

而罗老板一直在与王仙客聊天，眼睛却在彩萍身上。彩萍坐在王仙客那张太师椅的扶手上，一直朝他媚笑，抛媚眼，有时候弓腰给他看看胸部，有时抬腿让他看看大腿；这些事她搞起来驾轻就熟，因为她当过妓女。但是她也没想到这些手段起到了这样的效果，因为罗老板忘乎所以，嘴上没了闸，开始胡说八道了。他说无双（实际是指彩萍）原本是坊里一个小家碧玉，虽然羞花闭月，但是养在深闺无人识。所幸和王仙客是姨表亲，两人青梅竹马，定下了婚约。所以总算是名花有主了吧。后来王仙客回了老家，无双家里忽然遭到不幸，双亲都染上了时疫一病不起，换言之，瘟死了。无双只好卖身葬亲，等等。这一套故事虽然受到彩萍的媚笑、酒窝以及在某些时候含泪欲滴等等表情的启发，总算是他自己想出来的。但是他不以为自己在编故事，还以为是回忆起来的哪。而且我们还知道，编故事和回忆旧事，在罗老板脑子里根本分不清楚。

关于王仙客来寻无双时他们为什么不告诉他，罗老板有很好的解释——无双小姐当时正操贱业，我们说不出口哇。编得完全像真的一样；他有如此成就，固然是因为他以为王仙客那个得了健忘症的脑袋相当于一个抽水马桶，往里面尿也成，屙也成，很让人放心大胆——这好有一比，就像我们大学里的近代史老师，今天这么讲，明天那么讲。有时候讲义都不作准，以讲授为准，有时候上一讲不作准，这一讲为准。你要是去问，他就问你，到底是我懂近代史，还是你懂近代史？这种说法十足不要脸，因为我们要从他手里拿学分，他就把我们当抽水马桶了——还因为他越编越来劲，颇有点白乐天得了杨玉环托梦，给她编《长恨歌》的感觉。王仙客听了一遍，还有点不懂的地方，所以让他再讲一遍（王仙客不懂：既然是臭编，何不把地点编得远一点，干吗非说在宣阳坊，这样很容易穿帮），但是听到第二遍，也就品出了味道。原来说在宣阳坊里，好把自己也往里编。罗老板逐渐把自己说成《水浒》里的王婆那样的角色，《西厢记》里红娘那样的角色。和以上两位稍有不同的是，罗老板给自己安排的角色总是控制在王仙客和无双的一切恋爱事件的目击距离内，所以又隐隐含有点观淫癖的意思。这个故事编到了这一步，你也该发现罗老板根本就不知什么真的假的，一切都是触景生情，或者说，触情生景，因为他那酸梨劲一上来，就能让天地为之改变。而王仙客听着听着，牙齿开始打架了，就像我看烂酸梨那本《红楼后梦》时一样。同时他还觉得自己已把罗老板的一切坏心眼都看见了，这道难题已经解出来了，就奋力一拍桌子，喝道：够了！编出这种狗屁故事，你不害臊吗！

王仙客这一拍使出了吃奶的力气，把桌面都拍坏了。当然他自己也有代价，后来得了腱鞘炎。老爹被拍醒了，孙老板也一抬头，都看见了王仙客那副恶鬼嘴脸。这两个人就本能地要站起来，但是被人按住了。老爹是个老公安，比较勇猛，还要挣扎，又被人打了一闷棍，正好打到半晕不晕，能说话又站不起来的程度。这都是王仙客那些下人干的。我们知道，王仙客并不是太阔，处处要节省，所以他来宣阳坊时，没有到职业介绍所雇男仆，而是找黑社会老大借了一些手下。这些人做起服务员来很不像样，就像现在我们国家饭店（合资饭店除外）里的那些工作人员，打闷棍却很在行。而且他们最喜欢打老爹的闷棍，因为老爹原本就是他们的对头。孙老板看到这个样子，就老实了。罗老板却不明白，问道：仙客兄，王孙二位怎么得罪你了？我讲个情好吗？王仙客却不理他，对王孙二位喊道：你们俩老实待着，问完了姓罗的再问你们。要是不老实，哼！想被砍成几截你自己说吧。彩萍在一边鼓掌跳高道：要砍先砍那老货，他上午还要打我哪。罗老板听到这会儿才觉得不对了。现在彩萍虽然还是笑眯眯的样子，他却再不觉得可爱了。

罗老板那时的感觉告诉我们一个道理，不要说话，语多必然有失。就以这件事为例，一会儿让他说，彩萍不是无双。一会儿又让他说彩萍就是无双。再过一会儿，又得说彩萍不是无双。不管自己怎么努力学习、改造思想，总是赶不上形势。最好的态度就是虚心一点，等着你告诉我她是谁，我甚至绝不随声附和。在这种事上，我总是追随希腊先哲苏格拉底的态度：“我只知道我一无所知。”既然苏格拉底不怕，我也不怕别人说我是个傻子。

四

王仙客最后还是从罗老板那里问出话来了，这是因为他拿出了一把大刀，有三尺多长，半尺宽，寒光闪闪。这把刀拿出来以后，宣阳坊诸君子的脸都有点变。谁都能看出来，这刀砍到人头上可以把脑袋砍成两半。要按小孙的话说，这是他黔驴技穷。拔出刀来，就证明他IQ不到一百八。这是因为IQ六七十的人也会拔刀子。但是我认为，永远不拔刀的人IQ也到不了一百八。罗老板大叫一声，王兄，你不能耍流氓！我们是孔子门徒，不可舞刀弄杖。但是王仙客却说，老子就要舞刀弄杖，看你有何法可想？他用刀把桌上的碗碟一扫而光，就把罗老板一把提到了桌面上，并且说：彩萍，脱了他的裤子。咱们先割他的小脑袋，再割他大脑袋。彩萍干这个最为内行，一把就把罗老板裤子扯下来，下半截身子露出来了。罗老板的那东西看起来，既可怜，又无害。彩萍鼓掌跳跃道：小鸡鸡好可爱呀。割下来给我好吗？但是罗老板见了明晃晃的大刀奔它去了，就吓得魂飞天外，顺嘴叫了出来：去了掖庭宫，去了掖庭宫！那掖庭宫是宫女习礼的地方。原来无双是进宫去了。

无双进宫前，除了托官媒去找王仙客，还想给王仙客在坊里也留个话。但是当时无人可托，只好托到了罗老板身上。她还把自己的汗巾解下来，印了一个唇印，交给罗老板，让他转交王仙客。但是罗老板的腻歪劲一上来，就以为这是无双给他的定情礼物了。他把这汗巾贴肉揣着，等王仙客把它搜出来时，已经沤得又酸又臭，连鲜红的唇印也沤黄了。至于无双叫他带的话，王仙客没来时，他不记得有王仙客这个人，等王仙客来了，他又不记得有无双这个人，当然也就无法带到。现在想了起来，这话是这样的：告诉我表哥，到掖庭宫找我。这汗巾是真的，王仙客一看就认得。这话也不像假的。所以王仙客总算知道无双在哪里了。

后来王仙客就带着他的人离开了宣阳坊，继续去找无双。到底找到了没有，我表哥还没告诉我。但是他说，掖庭宫是大内，王仙客虽然 IQ 一八五，也很难进去。但是无双在那里，不管她想得开想不开，生命是有保障的。假如宫里的女人想死就死得了，皇帝身边就没人了。除了这一点好处，其他都是不好处。何况尘世嚣嚣，我们不管干什么，都是困难重重。所以我估计王仙客找不到无双。

图书在版编目（CIP）数据

寻找无双／王小波著．－北京：北京十月文艺出版社，2017.5
ISBN 978-7-5302-1670-5

Ⅰ．①寻… Ⅱ．①王… Ⅲ．①长篇小说－中国－当代
Ⅳ．①I247.5

中国版本图书馆 CIP 数据核字（2017）第 058276 号

寻找无双
XUNZHAO WUSHUANG
王小波 著

出　版　北京出版集团公司
　　　　北京十月文艺出版社
地　址　北京北三环中路 6 号
邮　编　100120
网　址　www.bph.com.cn
发　行　新经典发行有限公司
　　　　电话（010）68423599
经　销　新华书店
印　刷　山东鸿君杰文化发展有限公司
版　次　2017 年 5 月第 1 版
　　　　2017 年 5 月第 1 次印刷
开　本　850 毫米 ×1168 毫米　1/32
印　张　6.5
字　数　118 千字
书　号　ISBN 978-7-5302-1670-5
定　价　32.00 元
质量监督电话　010-58572393
如有印装质量问题，由本社负责调换